ハブられルーン使いの異世界冒険譚

2

黄金の黒山羊
イラスト 菊池政治

STORY BY
OUGON NO KUROYAGI
ILLUSTRATION
KIKUCHI SEIJI

GCN文庫

「くたっ！食らえ！」
事前に仕掛け回った
【爆破】のルーンを起動させる。

◆松坂 美穂乃
Matsuzaka Mihono
司と共に異世界へ召喚された女子学生で、司の幼馴染。スポーツや格闘技を好む勝ち気な美少女で、同じクラスの柊恭弥とは恋人だった。「格闘士」の恩寵を持つ。
◆秋光 司
Akimitsu Tsukasa
級友たちと共に異世界へ召喚された男子学生。級友から陥れられたことをきっかけに、現在は魔族たちの街エイギーユで自由傭兵として暮らす。今は廃れてしまった「印術」の恩寵を持つ。

◆リエラ
Riela
エイギーユにある自由傭兵斡旋所の受付職員。誰にでも冷静な態度を崩さない大人の女性だが、司に対しては少し違うようで……？

ハブられルーン使いの異世界冒険譚 ②

著：黄金の黒山羊
イラスト：菊池政治

GCN文庫

CONTENTS

プロローグ

僕が知る限り、この世界に特定の名前はない。ただここが、僕が元いた地球と完全に異なる世界だということは疑いようがなかった。

僕——秋光司《あきみつつかさ》が、この異世界に前触れもなくクラスメイトたちと召喚されてから、いったいどれくらいの時間が経過しただろう。

いつの間にか日数を数えることをやめてしまった。帰れるあてもないのに、そんなことに限られた思考のリソースを費やすのは馬鹿馬鹿しい。僕にとっては、目の前の一日を無事に生き延びることのほうが遥かに重要だった。

そもそも僕がクラスメイトたちとはぐれて一人で生きるハメになったのは、そのクラスメイトの裏切りに遭ったからだ。

柊恭弥《ひいらぎきょうや》。あいつは僕にとって、クラスメイトである以前に、小さいころ僕の近所に引っ越してきた幼馴染《おさななじみ》だった。

恭弥は凄いやつだった。全てにおいてどんくさい僕と違って、あいつはなんでもそつなくこなす。誰とでも物怖《ものお》じしないで接する度胸がある。困っている仲間を見過ごさない。「やれやれ」と肩をすくめ文句を言いながら、どんな問題でも解決する。──だからあいつの周囲には、自然と人が集まった。

学年で一番の優等生も不良の男子も、あいつとは友達だった。あいつは恋愛には興味ないなんて顔をしながら、先輩後輩、他校の生徒を問わず多くの女子にモテた。

柊恭弥は、秋光司が持っていない、あらゆるものを持っていた。

だから僕は、隣に住んでいた松坂《まつざか》美穂乃《みほの》と志穂乃《しほの》の姉妹が、あとから引っ越してきたあいつのことを好きになったと気付いたときも、美穂乃があいつと付き合い始めたと聞いたときも、

「恭弥なら仕方ないよな」と思った。

美穂乃と恭弥ならお似合いだ。なんの取り柄も持たない僕じゃなく、美穂乃が恭弥を選ぶのは当然だ。二人とも人気者だし、恭弥はきっと美穂乃を幸せにするだろう。たまたま隣近所に生まれたっていうだけで、美穂乃たちと僕じゃ、元から釣り合いが取れていなかった。

だから仕方ないんだ。

わざわざ波風を立てる必要なんてない。

そうやって物わかり良く振る舞う僕は、初めから負け犬だった。

§

「なんでだよ恭弥。なんで僕を？　……こんなの何かの冗談だよな？」

その夜、異世界の空には雲がかかっていて、星は見えなかった。

城のバルコニーで呆然とつぶやいた秋光司の腹には、柊恭弥の剣が突き刺さっていた。

じわりと滲み出した赤い液体は剣身を伝い、既に恭弥が握っている柄本《つかもと》まで垂れ落ちている。

恭弥の剣がゆっくり腹から引き抜かれると、司は後方によろめいた。

司は何が起こったのか信じられない様子で、己の腹を探った。

「……血？　これ……僕の？　嘘だろ？」

これまで誰かに刺された経験などない。司の震える両手には、べっとりと血糊が付着している。苦し紛れに司は笑い、その直後に咳き込んだ。

それでも恭弥は表情を変えなかった。

こんな量の血液は、元の世界では見たこともなかった。しかもこれは司自身の血なのだ。痛みがないのが逆に恐ろしい。

「なんでなんだよ、恭弥。なんでこんなことするんだ？　この世界でもみんなで協力しようって言ったのは恭弥じゃないか。それなのに、どうして――」

弱々しい声で司がさっきと似た台詞《せりふ》を繰り返すと、恭弥はまるで彼の物わかりの悪さに呆れたように苦笑した。

「俺を信じたのはお前の勝手じゃないか」

「……え？」

「せめて美穂乃たちには上手《うま》く言い訳しておくさ。秋光は異世界で戦うのが怖くて逃げたみたいだって言っとけば、あいつらも信じるだろ。……そもそもお前が悪いんだぜ。鈍いくせに余計なことに気付くから」

「余計なこと……？」

「それにしても、あのお姫様もイカれてるよな。お前が疑ってるみたいだって遠回しに言っただけで、すぐこれか。それはお前の心配が当たってたよ」

「ぐ……ッ」

司は歯を食いしばった。

詳しい経緯は知らない。だが、目の前にいるクラスメイトが自分を裏切ったのだということを、彼はようやく自覚した。

恭弥が自分のほうに向かって、剣をぶら下げたまま歩いてくる。傷口を押さえながらよろめきつつ後退した司は、やがてバルコニーの手すりに突き当たった。

「はあ……はあ……ッ」

「行き止まりか」

そうやって首を傾《かし》げた恭弥のことを、司は殺気を込めた目でにらんだ。彼がそんな目を人に向けるのは、生まれて初めてのことだった。

「恭弥、お前……」

「おいおい、冗談やめろよ。どうしてお前に馴《な》れ馴《な》れしく呼び捨てにされなきゃいけないんだ？」

司のことをとことんまで相手にしていない笑顔で、恭弥は言った。コンプレックスを感じる以前に、自分は恭弥にとって道端の石ころ程度の存在だったのだということを司は知った。

うずくまり肩を震わせる司を見下ろして、恭弥は呆れたように言った。

「泣くほどショックだったのか？　……はあ。そんなんだからあの二人にも愛想尽かされるのさ。美穂乃たちもお前みたいなのが幼馴染で災難だったよな。お前のいないときとか、美穂乃は毎回愚痴《ぐち》ってきてさ。『誰かさんにいつまでも幼馴染ヅラされて困ってる』って。志穂乃も露骨に迷惑そうな顔して――……ん？」

恭弥は、司が自分の言葉を無視して、繰り返し何かをつぶやいていることに気付いた。

実際そのときの司は、恭弥の嘲《あざけ》りを半分も聞いていなかった。

「嫌だ……。死にたくない。こんな、こんなところで……」

「…………」

「死んでたまるか……」

「最期くらい潔くしろよ。お前の分も俺がこの世界で——」

「——ッ!!」

死んでたまるか。恭弥の言葉を遮《さえぎ》って、司はもう一度叫んだ。それと同時に、彼の足元に描かれたルーンが閃光《せんこう》を放った。

§

「……う」

目が覚めたときには、冷たく透き通った水が司の身体《からだ》半分を浸していた。

どれくらいの時間こうして寝ていたのだろう。冷え切った皮膚からは半ば感覚が失われている。もし目覚めなければ、このまま死んでいたかもしれない。

記憶が曖昧だ。いったい、いまはいつなのか。そしてここはどこなのか。

司は川底に手をついて身体を起こしながら、現状を把握しようとした。

かなり深く刺されたはずなのに、腹からの出血は止まっている。——いやそもそも、自分が恭弥に刺されたのはずっと前のことのはずだ。

ここはどこなのだろう。ひょっとして、何かの拍子に元の世界に帰ってきたのか。まさかそんなはずは。そう己に言い聞かせつつも、司の顔には淡い希望の色が浮かんでいた。

だが司の周囲には、途方もなく深い森が広がっていた。地面は緑のコケに覆われており、その中を幾筋もの清流が流れている。彼はそこで倒れていたのだ。

呆然と上流を眺めていた司が、まるで発作に襲われでもしたように、突然右手で胸を押さえてうずくまった。

「ぐ、うう……ッ」

激しい痛みと共に右手の甲に浮かぶのは、司が幼馴染の少女と結んだ【契約】の証である。

やがて司は再び顔を上げ、彼女の名前をつぶやいた。

「美穂乃……」

彼は水の中に落ちていた剣を拾い上げると、ずぶ濡れの身体を引きずるように、よろよろと歩き出した。

第五話　渓谷のリンドブルム

（2）

「秋光くん。焚火《たきび》見たままぼーっとしてたけど、何考えてたの？」

野営の準備を一通り終え、椅子代わりの石に腰を落ち着けていると、美穂乃がそんなことを尋ねてきた。

この世界で自由傭兵《ようへい》として生計を立てるようになって以来、日帰りできない遠征のときには野宿も頻繁に行うようになった。アウトドアが苦手だった僕が、野営地設営のスキルを身に着けたのは必要に迫られたからだ。

テントはしっかり固定したし、焚火には炎と煙が目立たない工夫をしてあった。

「別に何も。そんなこといちいちお前に話さなきゃならないのか？」

「それくらい話してくれたっていいじゃない。いまは私たちパートナーなんだから」

「パートナーだって？」

僕が眉をひそめると、美穂乃は「秋光くんがそう言ったんでしょ」と言った。

果たしてそうだったろうか。

そうだったかもしれない。

でもパートナーというのは仮の話だ。こいつと僕との協力関係は、あくまでも契約が終わるまでの一時的なものである。

「必要なことなら話すさ。それより食事が済んだら早く寝ろよ。見張りは交代だからな。寝不足で魔物に不意打ちされたりするなよ」

「……む。わかってるわよ」

焚火を挟んだ向こう側にいる美穂乃が、あからさまに不機嫌な顔をした。

こいつは未だに、僕に上から目線であれこれ命令されるのが気に食わないらしい。

僕らはいま、街の中の安全な拠点を離れて旅の空の下にいる。周囲はだだっ広《ぴろ》い草原で、僕らの世界では当然だった街灯の類は当然のごとく存在しない。その代わりに、満天の星と二つの大きな月が明るく輝いていていた。

そもそも僕らがこんなところでキャンプしているのは、美穂乃の頼みが原因だ。

美穂乃や他のクラスメイトと共に異世界に召喚された僕が、ある事情からそのクラスメイトたちと離れたあと、こいつの双子の妹である志穂乃が重い病気にかかった。この世界の医者や治療術の使い手でも治し方のわからない、原因不明の病気だ。

僕の前に現れた美穂乃は、妹の命を助けるために僕の協力を仰いだ。

その頼みを聞いたとき、僕はまず腹を立てた。虫がいいにもほどがあると。

この世界に独りで放り出された僕が、何も持たないゼロどころかマイナスの状態からスタートして、ここで生きるための最低限の基盤を確保するまでに、どれだけ苦労したとこいつは思っているのか。

食べ物も寝る場所も、タダでは決して手に入らない。この世界の外から来た僕らには、それらを保障してくれる家族や知り合いもない。もしタダで何かくれるっていうやつがいたら、それは僕らを都合よく利用しようとしている存在だけだ。

そもそも僕が死ぬ思いをしたのは一緒に召喚されたクラスメイトの一人、美穂乃の恋人である柊恭弥が原因だ。なのにどうして僕が美穂乃に手を貸さなくてはならないのか。

正直、一刻も早く目の前から消えて欲しいくらいだったけれど、僕は美穂乃の頼みを引き受けることにした。そしてその代わりに、僕の働きに見合った報酬を支払えと言った。


僕は美穂乃の双子の妹である松坂志穂乃の命を救うために力を貸す。

その対価として、美穂乃は僕に自分の身体《からだ》を差し出す。


もちろんただの口約束じゃない。働くだけ働かされて報酬を取り損ねないよう、ちゃんとした手段で正式な契約を結んだ。

僕らの世界からこの世界に来た人間は、「恩寵《ギフト》」と呼ばれる特殊な力を与えられる。僕が手に入れたのは、刻んだルーンに応じて様々な効果を発揮する、印術という魔法を操る能力だった。

印術はこの世界でも時代遅れ扱いされている、制約の多い不便な魔法だ。しかし僕は一つだけ、僕だけしか使えない特別なルーンを授かった。それこそが【契約】のルーンである。

いまの美穂乃の身体には、僕と【契約】を結んだ証が刻まれていた。

「ねえ秋光くん、あのさ」

「なんだよ」

「……やっぱりいい」

さっさと寝ろと言ったのに、美穂乃はいつまでもその辺にいた。

今回の旅の目的地はギヴァの渓谷というところだ。そこに志穂乃の薬の材料となる薬草が生えているというのだ。ギヴァの渓谷は、昼間は地平線の向こうに見えていた山のふもとに位置しており、ここからまだまだ長い道のりが控えていた。

(まさかこいつ、いまさら僕とテントを共有するのが気に入らないとか言うんじゃないだろうな。それとも他に文句があるのか?)

そう思った僕は、わがままを言うなと美穂乃に言った。

「わがままなんて言うつもりないし！　そうじゃなくて……」

「なんだよさっきから。言いたいことがあるならさっさと言えよ」

いつまでも煮え切らない美穂乃の態度に苛立った僕は、焚火に薪《まき》を追加すると立ち上がった。

すると美穂乃は、もじもじ髪を弄《いじ》った挙句に、蚊の鳴くような声で尋ねた。

「今夜って……するの？」

「……は？」

「だから、するのかって聞いてるの！」

突然逆切れした美穂乃の頬は、焚火の炎に照らされているにしてもやけに赤かった。僕はその理由と美穂乃の言葉の意味をしばらく考えた挙句、ようやくそれに思い当たった。

「まさか、このあとセックスするのかって話か？」

僕がそう言うと、美穂乃は羞恥に耐えかねたように顔を逸らした。

美穂乃が対価として僕に身体を差し出すというのは、文字通りの意味である。初めて一緒にダンジョンを攻略したあと、僕はこいつを抱いた。教室の隅にいる目立たない男子。元の世界では女子とまともに付き合ったこともない秋光司が、美人でスタイル極上の松坂美穂乃の身体を、単なる欲望のはけ口として扱ったのだ。

それは性交というにはあまりにも一方的な行為だった。

僕は心の底から悔しがる美穂乃を、欲望に任せて犯しまくった。バキバキに勃起した肉棒でこいつの膣内を蹂躙《じゅうりん》し、恭弥というれっきとした恋人がいるこいつの身体を、己の精液で穢《けが》してやった。

わかっている。僕がしたのは、かつての幼馴染《おさななじみ》の苦境に付け込む最低の行為だ。卑怯なクズだと言われても否定できない。恭弥による裏切りを計算に入れても同じことだ。

――でも、だからどうだっていうんだ。

この世界では善良でも、弱いやつや馬鹿正直な人間は食われるだけだ。僕はある意味、恭弥からそれを学んだ。卑怯者になるだけで生き残れるなら、それで上等じゃないか。

それに美穂乃を――一緒にこの世界に召喚されたクラスメイトの女子を犯すという行為は、抗いようのない愉悦に満ちていた。セックスにセックスを重ねて美穂乃の膣内を僕の肉棒の形に変え、僕の精液の匂いを肌に染みつかせたとき、僕は初めてこの世界に来て良かったと思えた。きっとあのとき、僕はようやく本当の意味で解放されたのだ。

「な、何よ。そんな変な目で見ないでよ」

美穂乃はこんな状況でも僕に抱かれることを想定してしまうくらい、僕とのセックスに慣れてしまっていた。まだ恭弥に操《みさお》を立てているつもりみたいだが、僕と同じでこいつもどんどん堕《お》ちている。

僕は口の端を歪《ゆが》めて皮肉を言った。

「セックスして欲しいんだったらそう言えよ」

「ち、違うわよ。念のために確認しただけ！　それに秋光くんのことだし、エッチしないって私が言っても、テントで寝てたら、あとから入ってくるかもしれないでしょ。どうせそうなら最初から……」

早口で言い訳する美穂乃に向けて、僕は「心配しなくても、この遠征が終わったらたっぷりハメてやるよ」と、わざわざ汚い言葉で言った。

当然美穂乃は真っ赤になった。

「ッ……！」

「けど、遠征中はさっさと寝てくれ。お前はセックスしたいのかもしれないけど、そんなことで体力を浪費する訳にはいかないからな」

そう言うと、僕は美穂乃に背を向けて再び焚火の傍《そば》に腰を下ろした。

美穂乃は腹を立てたらしく、しばらくするとテントに入ってふて寝した。

外で一人になった僕は、魔物に対する警戒を続けた。

別に美穂乃の望み通りに犯してやっても良かったけれど、今は目的の達成が最優先だ。

今回の遠征は一筋縄ではいかない。ただでさえ人里を離れると手強《てごわ》い魔物が現れる確率が高くなるうえ、目的地のギヴァの渓谷まではここからでも数日かかる。帰るまでは、決して気を抜けなかった。

美穂乃の妹である志穂乃の薬は、簡単に手に入るかと思えばそうでもなかった。とあるダンジョンで手に入れた薬では完治させることはできず、時間しのぎにしかなっていない。そこで僕らが接触したのが、僕らの住む街の領主であるセラフィナ・エイギーユという少女だった。

セラフィナは僕や美穂乃のような人間ではない。この世界特有の種族である魔族だ。年齢は僕らとそう変わらないのに、死んだ父親の跡を継いで領主をしている。

今のところ、高位の調薬スキルを持つというセラフィナしか、志穂乃を治せる当てはない。だから、セラフィナから示された薬の素材を手に入れるために、こんなところまで来た。

面倒でもこればかりは仕方なかった。僕が美穂乃に使った【契約】のルーンの力は、僕自身も縛り付ける。美穂乃を好き放題に犯す代わり、僕は僕の義務として、志穂乃を救うために協力しなければならない。

だから仕方ないのだと自分に言い聞かせながら、さらに更けていく夜の闇の中で、僕はじっと見張りをしていた。

§

この世界は馬鹿みたいに広いし、飛行機も車もない。空飛ぶ竜に乗ったり、飛行や瞬間移動の魔法が使えればいいけれど、それは一握りの権力者か飛びぬけた才能を持つ者の特権だ。僕のような人間は黙々と地を這うしかない。

街道が使えるところまでは馬車に便乗した。馬車と言っても、陸棲のトカゲみたいな生物が引く荷車だが。そして街道を外れてからは、広大な草原を自分の足でひたすら歩いた。くるぶし丈くらいの草の中を数十分も歩くと、出発地点の街道はとっくに見えなくなっていた。

天気は悪くなく、草原に爽やかな風が吹いてちょっとしたピクニック気分だった。

もちろんそこに凶悪な魔物が棲息していなければの話だが。

この世界の魔物たちは、都合よく手加減なんてしてくれない。襲うときは普通にこちらを殺すつもりで襲ってくる。街道を離れるということは、その魔物の生息域に自分から足を踏み入れるという意味だ。

出発前に入念に準備はしてきた。道具も水も食料も十分にある。

それでも不安はぬぐえない。

「美穂乃、今日はこの辺で休もう。テントを張るから手伝ってくれ」

「秋光くん？　けどまだ――」

「まだ明るいうちだからさ。太陽が傾き始めたら、あっという間に暗くなる」

僕の口調はぶっきらぼうで、二人のあいだには最低限のコミュニケーションしかない。

美穂乃は僕の進むスピードの遅さに文句を言いたいみたいだったけど、警戒し過ぎるくらい警戒してちょうどいい。それに体力なら僕よりむしろ美穂乃のほうがあるが、妹を助けたいあまり焦るこいつの手綱《たづな》をコントロールすることも考えなければならなかった。

僕らは昨日と同じくテントを張り、枝を拾い集めて火を起こした。時間節約のため、着火は火打石ではなく【火】のルーンを使った。枝にナイフで刻んだ文字に魔力を通すと、パチパチという音と共に文字全体が赤く光って焦げ臭い匂いが漂い始める。

旅用の携帯食料も、熱を通すだけで口当たりと食べたあとの満足感がだいぶ違う。スープもどきを作ると、僕と美穂乃は焚火を挟んで向かい合った。

「ねえ」

「ん？」

「知らないあいだに上手になったわよね。色々と」

昨夜あんなやり取りをしたにもかかわらず、美穂乃は懲《こ》りずに僕に話しかけてきた。

その断片的な言葉の意味を、僕はすぐに理解した。

「昔は何もできなかったのにって？」

「そういう意味じゃないけど」

「じゃあどういう意味だってんだよ」

僕らのあいだに流れる空気は、いちいち不穏になりがちだ。それも二人の関係を考えればやむを得ない。

幼馴染は昔の話で、中学に上がる前には疎遠になった。卒業後に同じ学園に通っていたのは偶然だ。一緒にこの世界に召喚されたのもたまたまである。それからあんなことになって——

何もかもが壊れてしまった。

ここに至るまでに、僕はあらゆる屈辱を舐めたし手も汚した。元に戻ることは不可能だ。

「小学校のときもさ、こうやってキャンプしたよね」

「……忘れた。どっちにしても小さかったころの話だろ」

「……そうよね」

美穂乃が何かつぶやいた瞬間、火の中の枝がパチッと爆《は》ぜた。

「一人で家に残してきちゃったけど、志穂乃いまごろ大丈夫かしら」

「そこは大家さんが面倒見てくれてるさ。大家さんだけじゃなくて、リエラにもたまに様子を見といてくれって頼んである」

「ふうん……リエラさんね」

「なんだよ。何か引っかかることでもあったか？」

「別に」

「それより、どうせなら自分が無事に帰れるかどうかを心配しろよ。昨日と今日は運が良かったけど、ここからあの山に近付けば、もっと危険な魔物との遭遇率が高くなるはずだ」

「……うん。襲われても逃げられるなら逃げる。まず生き残ることを優先する。――だったわよね？」

「ああ。死んだらやり直しはきかないんだ」

雑談を切り上げた僕らは、今日の移動距離を踏まえたうえでの今後の行程について話し合った。それが済むと、先に見張りになる予定の僕を焚火の傍に残して、美穂乃はテントに入ろうとした。

だが、美穂乃はテントの前で立ち止まると、僕を振り返った。

「どうした？」

「……うん、まあ」

こいつはまた昨日みたいな頓珍漢なことを言い出すんじゃないか。僕はそう思った。

「あのね」

「……？」

「あのね秋光くん。こんな危険な場所なのに、志穂乃のためにここまで来てくれて……」

「…………」

「……やっぱりなんでもない。お休みなさい、秋光くん」

美穂乃の姿はテントの中に消えた。

結局あいつの様子が妙な理由も、何を言いたかったのかも良くわからなかった。

僕は思考を切り替えると見張りに集中することにした。

美穂乃と話した通り、これから先はもっと危険が増す。その前に取れる休養は取っておかなければ。――だがそんな期待をあざ笑うように、魔物はその夜のうちに襲ってきた。

「秋光くん。起きて秋光くん」

「──美穂乃？」

テントで毛布にくるまっていた僕の耳に、美穂乃の声が届いた。僕は枕元の剣を掴みながら身体を起こした。すぐ行動できるようブーツも履いたまま眠っていた。急いでテントから出ると、空に星が一つもない。さっき見張りを交代したときにはあれほど晴れ渡っていた空が、いまは完全に雲に覆われていた。

そんな中、焚火の灯かりに照らされる美穂乃の背中が見えた。

美穂乃の横に並びながら、僕は剣を抜いていた。

「魔物か？」

「たぶんそうだと思う。ほら、あそこ」

僕は美穂乃の視線の先を追い、暗闇の中に目を凝らした。すると確かに草むらの中に伏せている魔物の輪郭らしきものが見えた。それ以外にもテントを囲むように気配がする。

「私たち、もしかして取り囲まれちゃってる？」

「ああ」

「注意してたつもりだったけど、こんなに近付かれるまで気付けなかったわ」

「食い殺される前なら上出来さ」

さらに闇に眼が慣れると、自分たちを囲んでいる魔物の姿も徐々に見えてきた。草むらの中に潜んでいるのは、しわくちゃの顔に黒い体毛の生えた、醜悪な類人猿みたいな敵だった。

「死体喰らい《マンイーター》だな」

「響きからしてやな感じなんだけど。それってどういうモンスター？」

「詳しく説明して欲しいのか？」

「やっぱりいい。どうする？　逃げる？」

「いまから逃げるのは無理だ。戦おう。小さな群れみたいだから、落ち着いていけば二人だけで十分倒せる」

「わかったわ」

「ただし一匹倒したら、他のやつを死体に近付けないように注意しろよ」

「どうして？」

「仲間の死体を共食いして、その場で大きく成長するからだよ」

「ああそう……」

いま僕らの様子をうかがっているのは、死体喰らい《マンイーター》と呼ばれる魔物である。その名の通り、こいつらは人間や他の生き物の死骸を食う。相手が死骸じゃなくても殺して食う。しかも厄介なことに、食った相手の栄養を吸収し、さらに凶悪な個体へと急成長する。

美穂乃はうんざりした声で答えると、息を整えつつ拳を構えた。

美穂乃が素手なのは、こいつの戦闘技能《スキル》が格闘系だからだ。ＲＰＧで言えば武闘家《モンク》みたいに、身体能力を強化して殴る蹴るで戦う。もともと格闘技好きなこいつらしい力だった。

僕は美穂乃の隣で、剣に刻んだルーンに魔力を通した。この世界に来てから僕が習得したルーンの数は、そんなに多くない。この剣にはそのうちの【鋭利】と【強靭】を意味するルーンが刻んである。

戦闘準備を終えた僕らは、焚火を中心にお互いを援護し合える位置に立った。

魔物たちは血走った白目と牙を剥き出し、口から茶色のヘドロのような涎《よだれ》を垂らしている。人間二人分の肉は、こいつらにとってはさぞかし魅力的な餌《えさ》に違いない。

「こっちは半分やるから、そっちは任せたぞ」

「ええ」

魔物の一匹が、向こうから僕めがけて飛び掛かってきた。

「――フっ！」

かわしざまの剣が魔物の胴を薙《な》ぐと、暗闇の中に汚い絶叫が響き渡った。地面に落ちた敵が死んだかどうか確認する間もなく、僕は次の敵を迎え撃った。背後では美穂乃が戦闘に入った気配がしたが、そちらを見届ける余裕もなかった。

魔物は鋭い爪を振りかざし、歪《いびつ》な牙の生えた口を開けて迫ってくる。僕は二匹目を切り倒し、三匹目の爪を刃で受けた。相手の腹に前蹴りをかまし、いったん距離を取ってから両手で振りかぶった剣を脳天に叩きつけた。一度では刃が通らなかったから、二度三度同じように叩きつけると、頭の骨がぐしゃりと砕ける感触がした。

我ながら僕の戦い方は泥臭く、スタイリッシュさの欠片《かけら》もない。この世界に来たときに僕に与えられたのは印術の才だけである。剣の使い方は見様見真似だ。とにかくその場しのぎで今日までやってきた。

ひたすら必死こいて戦っていると、背後の死角から飛び掛かってきた魔物の爪が、僕の革《かわ》鎧《よろい》の背中をかすった。

「ぐぅ!?」

よろけて片膝をついた僕の上に、二匹が同時に覆いかぶさろうとしてきた。僕は咄嗟に空中に【爆破】のルーンを描き、即座にそれを起動させた。

触媒となるものが何もない場所にルーンを刻むと、途端に威力が落ちる。それでも強烈な爆竹を目の前で破裂させたような光と音が鳴り響いた。心の準備があったのと剣でガードした分だけ、僕のほうが魔物より少しばかりマシだった程度だ。視界に星がちらつく中、どうにか敵の位置を探ろうとしていると、美穂乃の気合が聞こえた。

「せい!!」

衝撃と共に、僕に飛び掛かろうとしていた何かが地面にめり込む。背後から側頭部に美穂乃の回し蹴りを食らって、死体喰らい《マンイーター》の一体が即死した。地面が軽く陥没してそこだけ草地が土むき出しになった。

「秋光くん大丈夫!?」

「いちいち構うな、残りをやるぞ！」

「死体を食べてるのがいるわ！」

「チッ！」

美穂乃が僕に寄った隙に、死骸の一つに三体が群がった。そいつらは仲間だったものの死肉をガツガツ食らいながら、身体からメリメリ音を立てて大きくなっていく。チンパンジーがゴリラになるくらいの急速な変化だ。

グロいとか思っている暇もない。せめて妨害しようと鎧からナイフを抜いて投擲《とうてき》した。――だが、魔物は肩にナイフが刺さっても食うのをやめず、食われていた死骸はあっという間に残りカスになった。

マジでこんなんばっかりだ。この世界に来てからの戦いはどれも命がけで、楽させてもらったことなんてほとんどない。華麗な剣技で汗もかかずに片付けるとか、強力な魔法でドカンと吹っ飛ばすとかは、僕には無縁の話だ。

僕は頭の中で、これまで何度繰り返したかわからないこの世界そのものに対する悪態をつきながら呼吸を整えた。

「美穂乃、タイマンならあのデカいやつに勝てるか？」

「……頑張ってみる」

「じゃあ一体一体倒そう。お前が戦ってるあいだ、残りはどうにか引き付ける」

僕は前へと走り出し、わざと声を上げて魔物の注意を引いた。純粋な近接戦闘力では美穂乃にも敵わない僕は、それ以外の引き出しを駆使して生き延びるしかなかった。時には自分自身を囮《おとり》にする必要もある。

魔物の多くを自分に引き寄せると、僕は防御と回避に全霊を傾けた。変異した死体喰らい《マンイーター》の爪は剣で受け流しただけで腕の骨が軋《きし》むくらいの威力があり、金属質の音と共に暗闇の中に火花が散った。

しかしその甲斐あって、どうにか美穂乃が一体ずつ相手できる状況が生まれた。

「はあああ!!」

自分より大きな死体喰らい《マンイーター》と近距離で殴り合う美穂乃は、どっちが魔物かわからない。美穂乃のボディブローが腹にめり込んで死体喰らい《マンイーター》が反吐《へど》を吐く。前傾し、くの字に折れ曲がった魔物の後頭部にかかと落としがお見舞いされる。

僕が必死にしのいでいるあいだに美穂乃が一体をぶちのめし、さらに次の一体を……というふうに戦闘が続いた。

そうやって戦っていると、突然魔物の気配が引いていった。

しばらく剣と拳を構えたまま喘《あえ》いでいた僕らは、どちらからともなく緊張を解いた。

「……終わったの？」

「ああ、残りは逃げてったみたいだ」

僕は、頬についた敵の血を革のグローブの甲で拭いながら言った。

「このまま起きて朝を待とう。明るくなってきたらすぐ移動だ」

「モンスターの死体がたくさんあるけど……ここで朝まで？」

「そうだな。他の魔物を引き寄せるかもしれないし、いちおうテントから離れた場所にひとまとめにしとくか」

自分が言ったのはそういう意味じゃない。美穂乃はそう言いかけたのだろうが、諦めたみたいに「わかったわ」と頷いた。再会したてのころは面倒な駄々をこねることも多かったけど、それで何かが解決する訳じゃない。

戦闘直後の労働を終えてから二時間弱もすると、空が白み始めてきた。

荷物をまとめて出発したが、確実に僕らの疲労は溜まっていた。

§

山のふもとの渓谷地帯を目指して歩き始めてから三日目。この日は朝から複数回魔物を見かけた。獲物を探して上空を旋回する巨大な鳥のような魔物。草原に隠れた湿地に潜むワニのような魔物。それを捕食しようとする長い触手の生えた怪生物。とどめは狼のような魔物に騎乗した亜人《ゴブリン》の斥候《せっこう》部隊まで。

最後の以外は幸運にも見つからずにやり過ごすことができた。――しかしゴブリンの斥候隊は、草原に入ってきた人間の痕跡に気付いたらしい。

「秋光くん、なんなのあれ……っ。人間？　じゃないわよね……」

ゴブリンを初めて目にした美穂乃は、耳障りな鳴き声でコミュニケーションを取り合う緑肌の小人たちを、嫌悪と恐怖の入り混じった目で眺めていた。

「――シッ。静かに伏せてろ。ゴブリンか……厄介なのに見つかったな。捕捉されたら逃げられないぞ」

「ゴブリン？　ゴブリンって弱いモンスターじゃないの？」

「だから静かにしてろって。死にたいのか？」

草原はまっ平らなようで、意外と起伏に富んでいる。僕と美穂乃は向こうからは見えない斜面に這いつくばり、じっと耐えていた。

美穂乃が言うようにゴブリンが弱い魔物なら苦労はない。――いや、実際に一体一体のゴブリンは非力だ。一対一で真正面から戦えば、僕だって剣で倒せる。しかしあいつらが他の魔物とは一線を画す知能を持っているということが、どれほど恐ろしいか。

西欧のおとぎ話に出てくるしわくちゃの魔女みたいな見た目に、石や骨を加工した簡単な武器防具を持っているやつら。自動翻訳の対象外になっている言語で盛んにやり取りしながら、「狩り」のための相談をしている。

この世界には人間がいて、魔族がいて、様々な亜人種がいる。ゴブリンが亜人種の中では低劣な存在と見なされていようが、この状況であの数に発見されたら、百パーセントなぶり殺されるのは僕らだ。

「ゴブリンたちの連れてる狼、ずっとあの地面の匂いを嗅いでるけど……」

あいつらの気配を察知した時点で、僕はぶちまけた地点に特別な悪臭を残す餌玉を投げた。ゴブリンに飼いならされた狼はその匂いを嗅ぐのに夢中になって、僕らの捜索を忘れている。

ゴブリンの一体が苛立って狼を蹴り飛ばした。

そしてそのタイミングで、空から大きな鳥の魔物が飛来した。

「――!?　――!!」

狼を蹴ったゴブリンが、武器を落としてあっという間に空中にさらわれる。そいつは絶叫し仲間に助けを求めたがもう遅い。他のゴブリンたちは短弓で応射しつつも素早く逃げの態勢を取り、翼の大きさが二メートルを優に超える鳥にさらわれたゴブリンは、かぎ爪によって空の上で首をへし折られた。

「いまのうちだ美穂乃！　ダッシュでここから離れるぞ！」

「ま、待って！」

僕らは混乱のどさくさに紛れて逃げた。

剣と魔法のファンタジー世界というより、凶暴な肉食獣が闊歩するサファリパークに裸一つで叩き込まれた人間の気分だ。

昨日の夜に確認したように、逃げられるなら無様でも逃げる。毎度毎度戦っていたら、いくら命があっても足りない。――それでも避けられない戦いはあって、そういうときはあとのことは考えず全力で戦う。計画通り目的地まで真っ直ぐ歩くなんてことはできず、右往左往あるいは後退を挟みながら、どうにかこうにか前に進む。

魔物に遭遇するたびに、ルーンを刻んだ魔鉱石などの道具類は目減りしていく。水と食料を詰めたバックパックが軽くなり、歩きやすさと一緒に食料が尽きるんじゃないかという不安が襲ってくる。

「行くぞ美穂乃。あと少しで目的地だ」

僕らが交わす言葉はますます少なくなり、野営地を発つ前に僕がそう言った以外には、五日目は一言も発さなかった。僕の視線がないときは、口を開けて喘ぎ喘ぎ歩くようになった美穂乃に、僕は尋ねてみたかった。

――お前、やっぱり舐めてたんじゃないのか？　今までそうだったからって、今度も上手《うま》く行くって根拠もなしに思ってたんじゃないのか？

――そんなになってまで、本当に志穂乃を助けたいのか？

志穂乃を助けるためならどんなことでもするというのがこいつの常套句《じょうとうく》で、この遠征に出発する前にも似たようなことを言っていた。

でもこれが現実だ。

この世界は、とことん僕らに優しくない。

美穂乃はいまごろ、甘く見ていたと後悔しているはずだ。

僕と美穂乃がここで死ねば、家で待っている志穂乃もしばらく後に死ぬだろう。それは絶対確実だ。しかし僕らが志穂乃の病気を治すことを諦めれば、少なくとも僕らは助かる。自分の命を危険に晒《さら》さずに済むのだから、僕にとってはそっちのほうがありがたい。

「はあっ、はあ……っ」

背後にいる美穂乃は、ついに膝に手を置いて喘いだ。僕が後ろを見ていないと思っているのか、それとも僕の視線を気にする余裕もなくなったのか。

僕は立ち止まることもなく歩き続け、美穂乃の口から「引き返しましょう」という言葉が出るのを待っていた。

「くっ……」

しかし美穂乃は顔を上げて汗をぬぐうと、再び歩き出して僕に追い付き、何事もなかったような顔をしていた。

そしてその夜、これまでのように野営地を設営したあと、美穂乃は食事にほとんど手を付けようともせずに、座ったままうつむいていた。

「…………」

「美穂乃、今夜はお前が先に見張りの約束だよな」

「……うん」

「どんだけ疲れてても居眠りするなよ」

「わかってる。大丈夫」

戦力としては僕より強く、基本的に体力オバケの美穂乃だが、こういう遠征には慣れていない。それが如実に表れていた。

(なあ美穂乃。どうして志穂乃のために、お前がそんな苦しい思いをしなきゃならないんだ？姉妹だからって、命を捨てる義理はないはずだろ？　お前もお前が一番大切なはずなんだ。素直にもうやめたって言えばいいじゃないか)

僕と美穂乃のあいだには、謎の根競《くら》べが発生していた。

僕にとって美穂乃と志穂乃の姉妹は既に幼馴染でもなんでもない、赤の他人だ。他人が死のうが生きようが、僕にはどうだっていい。そこに興味はない。

人間はいざというときに本性が出る。一番醜く薄汚い部分が露《あら》わになる。

僕もそうだし、美穂乃だって同じはずだ。いまならこいつの口から、志穂乃のことなんて見捨ててしまおうという答えを聞けるんじゃないかと思った。そしたら僕もこの【契約】に縛られる必要がなくなる。

それにはあともう一押しだった。ここで直接尋ねれば、こいつはぽろっと本音を吐くかもしれない。妹を見捨てる言葉を口にするかもしれない。

僕は志穂乃が死んだあとで、美穂乃のことをたっぷり嗤《わら》い蔑《さげす》んでやればいい。あのクソ恭弥にお似合いの、とんでもない卑怯者だと。そしてこれまでの報酬分だけ美穂乃を嬲《なぶ》り犯し、最後にはボロ雑巾のように捨ててやれば、さぞかし爽快な気分になれるだろう。

そう、最初はそのつもりだった。

薬の素材調達にかこつけてこいつをここまで連れてきたのも、実際のところそのためだ。

そのつもりだったのに――。

「僕はもう寝る」

ダメ押しは別に今夜じゃなくてもいい。この先もきっと機会があるはずだ。それに僕から誘導するよりも、こいつ自身がそれを口にするまで我慢したほうがより多くの優越感を得られるだろう。

僕は弱り切った美穂乃から目を逸らすように腰を上げた。

§

その日の早朝は霧が出ていた。草原の草に露が落ちて、空気がいくらか肌寒い。今朝《けさ》まであまり意識することがなかったが、この変化は、僕らのいる場所の標高が高くなってきているせいかもしれない。

「そろそろ行くぞ美穂乃。準備はできたか？」

「うん。今日はきっと目的地に着けるわよね」

「それは保証できないけどな」

「……志穂乃のために頑張らなきゃ。くじけてなんかいられないわ」

昨夜は魔物による襲撃がなかったので、それなりに睡眠時間が確保できた。そのためか美穂乃の表情はいくらか持ち直していた。眠っただけでメンタルが回復するあたり、こいつもかなり単純だ。

出発してからしばらく歩くと、周囲は草原から林になった。その林が森になると、どこからか水が流れる音が聞こえてきた。そしてそのころには、地面は本格的な山道になっていた。

「ねえ」

「ああ」

僕と美穂乃は頷き合った。

看板なんてある訳ないが、僕らが目指してきたギヴァの渓谷と呼ばれる地域は、恐らくすぐ近くだ。

棒になりかけていた足に力が戻った。

さらに奥地に進むと、鬱蒼《うっそう》とした森の中で急に視界が開けた。

見上げるほど背の高い木々が、この一帯に巨大な空洞を作り出している。その中を何本もの枝分かれした川が流れていて、それらはどれも底の砂利までくっきり見通せるくらい水が澄んでいた。地面はほとんどが緑のコケに覆われている。

ここに踏み込んでから、明らかに空気が異質になったのはなぜだろうか。

それはたぶん、この領域に満ちた魔力のせいだ。

「ここがギヴァの渓谷……？　この川の水、透き通ってるけどなんか光ってる気もする」

「かなりの量の魔力を含んでるみたいだな。このあたりの木がやけに大きいのも、きっとそのせいだ」

「魔力……確かにそんな感じはするわね。……でも魔力って結局なんなの？　この世界に来てから当たり前みたいに受け入れてきたけど、魔法の力ってこと？　私たちの身体にもそれが流れてるのよね。気付かなかっただけで、元の世界にいたときにもあったのかしら？」

「さあね。そんなこと真面目《まじめ》に考えるだけ損するぞ」

僕はそう言ったが、魔力が環境の変化を引き起こすのは実際そうらしい。

この渓谷はいわばパワースポットみたいなところで、他の場所より魔力が濃いのだろう。

志穂乃の薬に必要な希少な薬草が採取できるという話も、ここの雰囲気を肌で味わった今なら納得できる。

何よりここには、僕らが道中であれだけ遭遇してきた魔物の気配が一切ない。とりあえず軽く探索してみたけれど、ここに生息する生き物は、川の中を泳ぐ小魚と無害な虫くらいだった。

「そろそろ暗くなる。足元も悪いし、本格的な探索は明日だな」

「うん。……今日は久しぶりにぐっすり眠れそう」

美穂乃はほっと息をついていたが、正直それは僕も同じだ。

ここに来た当初は警戒していた僕らも、この場所の穏やかな空気に、いつの間にか緊張から解き放たれていた。その夜は小川のほとりにテントを張って、見張りも立てないことにした。

テントの中では、僕と美穂乃は互いに背中合わせに寝ていた。

外には蛍みたいな虫が飛び、神秘的な淡い光を放っていた。

どんなにロマンチックなシチュエーションでも、僕らの間柄はロマンとは無縁だ。魔物に襲われる心配がなさそうだと知った途端、僕の中で、美穂乃を犯したいという気持ちがむらむらと湧き起こってきていた。

二人以外に誰もいないこの秘境で、ケダモノみたいに美穂乃を犯す自分の姿が、僕の頭に思い浮かぶ。

寝る前に美穂乃が川で水浴びし、その光景を偶然目撃したことも、性欲を刺激する一因になっていた。――ここ数日入浴はおろか、濡れた布で身体を拭くこともできなかったから、清浄で豊富な水を目の前にして我慢できなかったのだろう。美穂乃は隠れて装備を脱ぎ、身体についた汚れと汗を水浴びで落としていた。僕はすぐにその場を離れたし、美穂乃も僕に気付かなかった。しかしその光景は僕の脳裏に残った。

不思議なことに、異世界で過酷な暮らしが続いているというのに、美穂乃の身体はますます男にとっての魅力を増しているように思う。引き締まっていると同時に胸と尻は大きく、肌にも艶《つや》がある。もう何度も美穂乃とセックスしたにもかかわらず、あの裸を見るだけで凶暴な欲求がみるみると膨れ上がる。

しばらく射精していない。溜まり切った精液が出口を探して下腹部で煮えくり返っているようだ。あの美穂乃の膣内にいきり勃《た》つ肉棒をぶち込んで思う存分に腰を振りたい。――そんな煩悩まみれの自分に呆れながら、僕は目を閉じていた。

「…………」

「…………」

背後にいる美穂乃は音も立てず眠っている。

遠征の最初の晩に、美穂乃は僕を性欲に支配されたサルみたいに言っていたが、それはあながち的外れじゃなかった。

でも、美穂乃を犯すのは帰ってからでも十分だ。

結局その夜僕が寝付くのには、かなりの時間がかかってしまった。


「……ふう」

翌朝、起きてから川で顔を洗うと、しびれるくらいの水の冷たさが気持ち良かった。

美穂乃は僕に少し遅れてテントから出てきた。

「……おはよ」

「ああ」

完全に疲労が取れた訳じゃないが、頭はだいぶスッキリした。

あとはここで志穂乃の薬の材料を集めて帰還すれば、今回の遠征は成功だ。距離やルートを把握できた分だけ、帰りは行きよりもマシだろう。

つまり僕らは、既にこの遠征の山場を越えた。僕はそう思っていた。

「セラフィナが指定した薬草は、どれもこの渓谷に生えてるはずだ。ここまで来たから焦らずに探そう」

「見つけたら少しくらい余計に採っていったほうがいいわよね」

「貴重な薬の素材なら、売れば儲かるだろうしな」

「足りなかったら困るからよ」

僕らの会話の雰囲気も、ギスギスやり合うというほどではなくなっていた。

「――あった。これじゃない？　これで三種類目？」

「あと二つか……結構順調に見つけられてるな」

「うん、あとちょっとだね」

あと少し、あと少しで全て終わる。

薬草を一つ摘むたびに僕の気の緩みは大きくなっていた。


「――ん？」

「どうしたの？」

「いや、また遺跡だ」

その日の探索を進めていた僕らの前に、人工的な構造物の名残《なごり》のようなものが現れた。足を止めた僕が見ている方向に美穂乃も視線を向けた。

「ホントだ。あれって橋かしら」

「どうだろう。もう少し近くで見ないとわからないな」

ここはやたらと遺跡がある。朽ちた遺跡ならこの世界の各所で見ることができるが、ここのは数も多いし規模も大きい。草木の緑と川の青を基調とする風景の中に、白い石材で作られた遺物がときおり現れる。

僕らがその日発見したのは、これまで見つけたものと比較しても巨大な遺跡だった。遠目からは川にかかる橋のように見えたそれは、近くまで行ってみると別のものだとわかった。

「美穂乃、これは橋じゃない。たぶんだけど、これはダムじゃないか」

自分で言っておいて半信半疑だったが、この川をせき止める建築物は確かにダムだった。端から端までどれくらいあるのだろう。白い石を隙間なく組み上げた堤防が、端が霞んで見えるほど続いている。そんな巨大ダムは、元の世界でもそうそう存在しないだろう。

その遺跡の威容に圧倒されていた僕の横で、美穂乃がつぶやいた。

「でも壊れかかってるみたい……」

「ああ、そうだな。あちこちの亀裂から水漏れしてる」

このダムがいつからここにあるのかは、僕らには知りようもない。しかし経年劣化のせいか、一部が決壊してそこから滔々《とうとう》と水が溢れ出している。その水は空中に虹を描き、複数の川となり、森の下流に向かって流れていた。

しばらく立ち止まって、その遺跡が作り出す景色を眺めていると、美穂乃が言った。

「急にドカーンってなったりしないかしら」

「たまたま僕らがここに来たタイミングで？　さすがにその可能性は低いと思うけど……。探索を続けよう」

「ええ」

　いずれにしても、ここもそんなに長居する場所じゃなさそうだ。僕と美穂乃は同時にそう考えた。そしてその日を探索に費やした結果、セラフィナに要求された素材のうち、最後の一つ以外は発見することができた。

「あと一つ……その『紫水晶の花』ってどこにあるの？」

「わからない。でも、一か所ずつ未探索の場所を潰してくしかないだろ」

「……うん」

　残る一つの材料は、紫水晶の花と呼ばれる希少な薬草だ。それ以外は——ついでに採取したセラフィナのメモにない薬草を含め全て集まった。野営地でマッピングした地図を広げて、僕らはこのあとの探索の方向性について相談していた。

「やっぱりあのダムの上を調べてみないと駄目か」

「……もう行ってないのはあそこくらいだもんね」

　ダムより下流のエリアはくまなく調査したつもりだ。それでも発見できなかった以上、あの堤防の上に上る必要がある。あれが誰かに作られたものならば、どこかに道はあるはずだ。まずはそれを見つけよう。——そう方針を定めると、僕らは非常用のビスケットをかじってから眠りについた。

そして翌朝、改めてダムの堤防の傍に行った僕らは、意外にあっさり上に行くための階段を発見した。

それは決壊しかかっている壁面に沿うように作られた、手すりすらない非常階段のようなもので、どう見ても正規のルートのようには見えなかった。しかし僕も美穂乃も、いまさらそれで文句を言ったりはしなかった。ただ足を踏み外して下に落ちないように気を付けながら、ゆっくりと階段を上っていった。

美穂乃が不意に足を止めたのは、その途中でのことだ。

「……？」

「おい、よそ見するなよ。こんな高さから落ちたら、いくらお前が馬鹿みたいに頑丈だからって無事じゃ済まないぞ」

「こんなときくらい皮肉言わないでよね。——そんなことより秋光くん、あれ」

「あれ？」

「あれって文字じゃない？」

「文字？　どれのことだよ」

美穂乃の視線は、崩壊しかかったダムの壁面のどこかに向けられているが、僕には目を凝らしても美穂乃が見ているものが見えなかった。

美穂乃は言った。

「あの文字、秋光くんの魔法と似てる」

「……は？」

そんな訳がない、お前の勘違いだろと言いかけて、僕は口を閉じた。そしてさらに注意深く観察してみたが、どうやっても美穂乃が言う「文字」は発見できなかった。

「ごめんなさい、私の気のせいだったかも」

美穂乃は僕に謝ったが、本当に気のせいだったのか。気にはなったが、それを確かめる前にやることがあった。僕らは再び階段を上がっていった。やがて最上段に足を掛けた僕らの前には、これまでと全く違う景色が広がっていた。

一面の巨大な湖は、このダムによってせき止められた川が作り出したものだ。その湖の上だけは木々の枝葉が届かず、天井がぽっかりと開けている。そこには明るい青空があった。

ダム湖のほとりには草地が広がっていて、その奥にはさらに遺跡がある。いくつもの建物が固まっている様子は、小さな街のようにも見えた。

「ねえ秋光くん、あれって……。あれってもしかして――！」

だがそれらのものは美穂乃の瞳には映っていないようだった。美穂乃は草地の中で咲き誇る、花弁が透き通るガラスで作られたような淡い紫色の花に目を奪われ、そちらのほうへと駆け出した。

あれが僕らの探していた「紫水晶の花」であることは明らかだった。

花畑に飛び込んだ美穂乃は、涙声で花を抱きしめた。

「あった！　あったわ！　これで、これで志穂乃が——……見て秋光くん！」

「美穂乃」

「え？」

あらゆる感情で胸をいっぱいにし、涙を浮かべた美穂乃の笑顔。これまでで一番はしゃいだ嬉しそうな顔。しかし僕はそれを見ずに、湖面の上に広がる空を見上げていた。

僕は鞘《さや》から剣を抜き、その鞘を地面に捨てた。

「どうしたの……」

「……すぐに走れ。とにかく走ってここから逃げろ」

「な——」

「いいから!!　逃げろ美穂乃!!」

僕は空に向かって大声で怒鳴った。

その空には、馬鹿でかい緑色の竜が翼を羽ばたかせて飛んでいた。その竜は風圧と地響きを立てて僕らのほうに降りると、渓谷地帯全てに響き渡る咆哮《ほうこう》を上げた。——これが僕と美穂乃が力を合わせたところで絶対に勝ち目のない相手であることは、考えるまでもなく理解できた。

やっぱり僕は間抜けだ。

この渓谷に来てから全く魔物と出会わなかった理由は、ごく単純だった。

要するに、ここはこの化け物の縄張りなんだ。

僕は剣を構えながら、もう一度、美穂乃に向かって逃げろと叫んだ。

（3）

とても嫌な夢を見た。

あのクソ野郎の夢だ。

外面《そとづら》ばかりいい八方美人で、そのくせ自分より劣った人間を見下している。美穂乃や志穂乃がどうとか言う前に、そもそも僕は初めからあいつが嫌いだった。

そして、そんなあいつを一回でも信じた僕は、救いようのない底なしの大馬鹿だ。

でもあいつは正しい。正直に誠実に振る舞おうとして損をするより、人を騙し傷つけたとしても上手く世の中を渡るほうが賢い。以前の僕はその程度のことにも気付けなかった。

利用されるより利用する側に。

搾られるより搾り取る側に。

一度死にかけてから、僕は生まれ変わった。

そうだ、秋光司は生まれ変わったんだ。

けど――。

「うあ……？」

目を覚ましたとき、僕の身体は半分ほどが川に浸かった状態だった。上半身は岸に打ち上げられていて、下半身はまだ水の中だ。

そんな格好だから寝覚めは最悪だ。いまのいままで人生で最悪の夢を見ていた。

――いや、案外あれは夢じゃなくて、死ぬ直前に見る走馬灯ってやつだったのかもしれない。

僕は両手をついて身体を起こすと、自分の負傷を確認した。どこの骨も折れていないようだし関節も動く。ただし全身ずぶぬれだし、川の流れに揉まれる最中、あちこちぶつけたせいで全身が痛む。

僕をこんな散々な目に遭わせたのは美穂乃である。

あいつは逃げろという僕の指示を聞かずに、逆に僕の前に出て、あの巨大な竜とのあいだに立った。


――秋光くん。志穂乃をお願い。

馬鹿力で僕を突き飛ばす直前、最後に美穂乃はそんな台詞《せりふ》を口にした。あいつは自分だけあの場に残り、僕一人をこうやって逃がした。あの怪物が勝ち目のない相手なのは火を見るより明らかなのに、死ぬとわかっていて、拳を構えて化け物の前に立ちふさがった。

「……は？　なんだよそれ。馬鹿じゃないのか」

本当に大馬鹿だ。以前の僕よりも救いようがないやつがいた。

僕は周囲を見回し、突き飛ばされたとき美穂乃に押し付けられた紫色の花を探した。しかしどこにも、花びら一枚見当たらなかった。どこかに流されてしまったらしい。

つまり、せっかくのあいつの自己犠牲は無意味だった。

あの状況で自分の命より志穂乃の命を優先したのは大したものだ。

でも結局はこの結末である。

「……なんだよ。……ふざけんなよ？」

そもそもあいつの運の尽きは、柊恭弥じゃなく秋光司を頼ったことだ。

どんなに生まれ変わったとうそぶき、背伸びしたところで、秋光司は秋光司でしかない。ヘタレの負け犬として生まれた僕は、何一つうまくやれない。そんな男のところに病気の妹を背負って転がり込んで、あいつは何を期待していたんだ。

あんな化け物のいる場所に一人残った美穂乃は、きっともう死んだだろう。終わってみれば実にあっけない最期だ。

妹を助けて欲しいという美穂乃からの依頼の遂行に失敗したことを悟った僕は、冷たい浅瀬の底に膝をついたまま、上流に呆然と顔を向けていた。

そしてそのとき、どこからか声が聞こえた。

――【契約】を守れ。


僕は胸を押さえて芋虫のように丸まった。

右手に浮かんだルーンが、心臓と共に激しく脈打つ。

「う、ぐううう……ッ!?」

信じられないほど痛く苦しい。身体全部がバラバラに引き裂かれるみたいだ。

無様に悶《もだ》えながら、ああそうかと僕は思った。

この激痛は【契約】のルーンによる罰だ。

一度交わした【契約】には、何があっても背いてはならない。志穂乃の命を助けるため、美穂乃に協力するのが僕の義務だ。その義務を放棄することを許さないという声が、頭の中で鳴り響いていた。

美穂乃との【契約】は終わっていない。つまり美穂乃は、まだ生きている。

「く……」

僕は、どうにか痛みが通り過ぎてから立ち上がった。川底に落ちていた剣を拾って。

うんざりする話だが、僕もルーンに縛られている以上、あのダムの上に戻らなければ。

あの単純で騙されやすい馬鹿が生きているうちに、なんとしても。

気を失っていたのはそんなに長い時間じゃないはずだ。僕は節々の痛みに耐えながら上流を目指して歩き始めた。

でも、仮に戻ってどうする。あの竜と戦うのか。

そんなのは無謀にもほどがある。今度こそ美穂乃と一緒に死ぬだけだ。

忘れるな。僕はここにあの化け物を退治しに来たんじゃない。志穂乃の薬の材料を採りに来たんだ。正面から戦おうとしたら駄目だ。紫水晶の花さえ確保して逃げ延びればそれでいい。

そんなふうに、息を整え身体の痛みを抑え込みながら、僕はあの竜を出し抜く方法について考えていた。

あの竜は図体がデカいだけじゃなく、とても素早かった。あいつの脇をすり抜けて、花と美穂乃をかっさらうなんて、そんな芸当が可能だろうか。しかしたとえ不可能でも、ルーンは「やれ」と僕に命令している。こいつがこんなに融通の利かない能力だったとは思わなかった。

結局、何もいい方法が思い浮かばないまま、僕は例のダムの足元にたどりついた。ここから壁面の階段を上ればさっきの場所に戻れる。まだ美穂乃との【契約】が途切れた気配はしていなかった。

（……そう言えば、あのとき美穂乃が言ってた「文字」って、なんのことだったんだ？）

再び階段を上っている最中、僕はふと美穂乃との会話を思い出した。

あいつはあのとき、この壁面を見上げながら、僕が使う魔法と似た文字があると言っていた。

(それってつまりルーンのことか?　けど、そんなのどこにも……)

僕は藁にもすがる思いで周囲を見回した。

しかし、文字らしいものはどこにもなかった。

「待てよ……」

このダムの壁面に、でかでかと刻まれた亀裂以外には。

「もしかしてこれのことか……?」

よくよく見ると、堤防の中心に走る傷には二種類ある。一つはその隙間から水を噴き出す崩壊の予兆であり、もう一つはあまりにも、あまりにも巨大なルーンの刻印だった。


(……いないな。美穂乃もあの竜もどこに行ったんだ)

階段を上り切ったところで視界に美穂乃の亡骸《なきがら》が飛び込んでくることも覚悟していたが、それはなかった。咲き誇る紫水晶の花が、湖畔を渡るそよ風に揺られているだけだ。

痕跡から推察するに、美穂乃とあの竜のあいだには戦闘と呼べるほどのものは起こらなかったようだ。僕を湖に蹴り落としたあと、美穂乃は即座に湖とは逆方向へと逃亡を図ったらしい。水の中以外でここから逃げられる場所など、あの遺跡の街しか考えられない。僕は迷うことなくそちらへと向かった。

（ああ……いた）

そして僕は、遺跡の街の中で美穂乃より先にあの竜を発見した。正確な名称は不明だが、こんな生き物を「竜《ドラゴン》」以外のなんと呼べばいいのか僕は知らない。そいつが首をきょろきょろと左右に向け、牙のあいだから湯気を立てつつ、遺跡の街で何かを捜し回っている。僕は息を殺し竜の死角に回りながら美穂乃の行方を捜索した。お前はあと一年もしないうちに竜とかくれんぼすることになるんだって、可能ならこの世界に召喚される前の僕に聞かせてやりたいもんだ。

幸い、竜というのはそんなに鼻が利かないらしい。いつかのハイエナ男と違って視界の外にさえいれば気付かれる気配はなかった。僕は身をかがめて廃墟から廃墟へと移動しつつ、音を立てないよう慎重に、石くれなどを使ってあちこちにルーンを描いていった。

石畳にズシズシ響く足音が、竜が街の中のあちこちを移動していることを僕に知らせる。ビビってないなんて言ったら嘘になる。相変わらず僕の心は、美穂乃を見捨てて一人で逃げ出したい気持ちでいっぱいだ。

でも僕は【契約】に背けないし、逃げろという僕の命令に従わなかった美穂乃にペナルティを与える必要だってある。だからあいつを連れ戻すんだ。

そして、僕が遺跡の中を這いまわって捜した美穂乃は、ほぼガレキと化した建物の、傾いた屋根の下にいた。

「……司？」

僕が見つけたとき、美穂乃は隅っこにうずくまって震えていた。目は真っ赤で、顔全体が涙と鼻水でぐしゃぐしゃだ。――なのに紫水晶の花だけは大事に抱え込んでいた。

美穂乃はしゃくりあげながら僕に質問した。

「どうして、戻ってきたの……？」

美穂乃がどうやら五体満足なことを目で確認しつつ、僕は言った。

「どうしてじゃないだろ。お前こそ、なんで僕の言うことを聞かなかった？」

「だって、だって……私、司のところに来てから、司に頼ってばっかりだったから……。私だって志穂乃のために何かしなきゃって……」

「………………」

「ごめんなさい。ごめんなさい……」

僕は美穂乃の腕を掴むと、それを無理やり引っ張った。

これ以上ここでこの間抜けに構っている時間はない。

「あっ――」

「立てよ。めそめそしてないで、こっから逃げるんだよ」

「……うん。うん、わかった」

美穂乃は僕に掴まれていないほうの手で顔をぬぐうと、どうにか泣き止《や》んだ。

そして僕たちはお互いに頷き合うと、その建物から抜け出した。

耳をつんざくような竜の咆哮が聞こえたのは、二人で遺跡の中を移動している最中だった。

「見つかったぞ！　走れ美穂乃！」

竜は空を飛ぶのではなく、巨大なダンプカーのような勢いで、雑草に浸食された石畳を踏み割りながら、遺跡の街の通りの角から走ってきた。大きく開けた口の中には毒々しい赤紫色の舌が生え、ノコギリみたいに鋭い牙がびっしりと並んでいた。

僕は美穂乃を連れて全速力で駆けた。細い路地に入って竜を撒《ま》こうとしたが、竜はそれを意に介さず廃墟を突き破って突進してきた。

「くそっ！　食らえ！」

事前に仕掛けて回った【爆破】のルーンを起動させ、崩壊した廃墟の下敷きにしてやろうと試みたが、そもそもあれだけ建物をぶっ壊してもビクともしない怪物に、その戦法が通じるはずもなかった。巻き起こった埃《ほこり》が煙幕代わりになった程度だ。

（もうすぐ街の外だ。そしたら障害物はないし、絶対に追い付かれる！　こうなったらさっき見つけたあれを使うしか――……でも、僕の魔力で間に合うのか！？！？）

そのあいだにも、竜はみるみる僕らとの距離を詰めてくる。

（――くっ、迷ってる暇はないか！　やるぞ！）

街の入口近くのあるポイントに到達すると、僕は足を止めて竜のほうを振り返った。同じく立ち止まった美穂乃に、僕は怒鳴った。

「足手まといなんだよ！　すぐ追いつくから先に行け！」

「……っ！」

「行けって!!」

美穂乃が走り出したのを確認すると、僕は呼吸を整えた。

左右の廃墟の壁には、崩壊しかかったダムにあったのと同じ紋様が刻んである。

ルーン。力を持つ文字を操るのが印術師としての僕の能力だ。

（――頼む！　効いてくれ！）

竜がその地点を通り過ぎようとした瞬間、僕はそのルーンに魔力を流し込んだ。

すると、左右のルーンのあいだにある全てもの、竜の巨体や微細な土埃に至るまでが、限りなくスローモーションになった。これがあのダムの崩壊を防いでいた、【停滞】を意味するルーン文字の力だ。

「がはっ!?」

肺を素手で掴まれたような感覚がした。平衡感覚が失われ視界が揺らいだ。高難度の魔法を力量《レベル》が遥か上の相手にかけた結果、僕の魔力は一瞬で奪われガスへと近付いた。

だが効果はあった。僕は、僕の魔力と共に【停滞】の力が失われる前に、先に行った美穂乃を追いかけた。遺跡の街を出て紫水晶の花が咲く草地を走っていると、【停滞】から解放された竜がどこかの建物に突っ込んだ轟音《ごうおん》と、怒りに満ちた咆哮が聞こえてきた。

「畜生、まだ追ってくるのかよ！」

「司、早く！」

僕は美穂乃と合流しさらに走った。

このペースだとあいつからは逃げ切れない。

さっきのように水の中に飛び込むか。しかし、さっき僕が助かったのは、美穂乃があいつを自分のほうに引き付けたからだ。仮に水中で動きが遅くなったところを襲われたら、それこそ一巻の終わりだ。

（クソッ！　じゃあどうする。どうするんだよ！）

そう思った僕の視界にダムの堤防が飛び込んできた。

「司、そっち行き止まりだよ!?」

「わかってる！」

堤防の上を走る僕らを、竜も走って追ってくる。美穂乃が言った通り、このままだと堤防が崩壊した部分に突き当たって行き止まりだ。

僕が考えているのは、完全に一か八かの賭けだった。

行き止まりの直前で僕は自分から止まった。

僕が見たあの巨大な【停滞】のルーンは、超強力なガムテープのようなものだ。誰が刻んだものなのか知らないが、このダムは、あのルーンの威力によって辛《かろ》うじて繋ぎ止められている。それを完全に制御するのは無理でも、テープを剥がすくらいのことなら、僕にだってできるかもしれない。

敵は迫ってきている。僕に残された魔力はわずかだ。これが失敗したら終わる。

「司……」

不安そうな声を出した美穂乃が、僕の服の裾を掴んできた。

僕は雑念を振り払って精神を集中し、身体に残った最後の魔力をかき集め、それを足元のダムに送り込んだ。すると一瞬の間隔をあけて、ピシっと嫌な音がした。それからみるみる大きくなっていく地鳴りの中で、僕は美穂乃の肩を抱いた。

「美穂乃、飛び込むぞ」

「そんな、でも――……」

「お前がカナヅチだってことくらい知ってるよ！　――いいから飛べ！」

「きゃああっ！？！？」

僕らが水に飛び込む寸前に、あの竜の足元が崩れ、崩壊した石材と水流に押し流されたのが見えた。めちゃくちゃな濁流に巻き込まれた僕たちは、水の中ではぐれないよう息を止めたまま抱き合っていた。

――こんなところで死んでたまるか。

水流に揉まれている最中、僕が思っていたのはそれだけだ。

「くそ、なんで僕がこんな目に――っ」

どうにか生きて下流の岸に這い上がったとき、美穂乃は完全に気を失っていた。けどその手には、志穂乃を救うための紫水晶の花がしっかりと握られていた。

剣を含め荷物の大部分を失ってしまったが仕方ない。必要なものは手に入れた。あの竜に再び発見される前に、僕は美穂乃を引きずるようにして渓谷地帯を脱出した。

（4）

僕と美穂乃は、ギヴァの渓谷から生還した。

あの竜から逃れたあと、荷物の大部分を喪失した僕たちが帰り道で味わった苦労は、しばらく思い出したくない。――でもたぶん、これから何度も悪夢として見ることになるだろう。端的に言うとそれくらい過酷だった。

それもこれも全部、美穂乃たち姉妹のせいだ。

エイギーユの街に帰り着くまでに、僕はその感情をたっぷりと溜め込んでいた。

ようやく安全な場所に帰ってきた僕らがまずしたのは、色々な後始末だ。

斡旋所のリエラに帰還報告をしたりとか、留守のあいだ志穂乃を見てくれていた大家さんに礼を言ったりだとか、手に入れた材料の保存処理をしたりとか。しかしそれらが済むと、僕は美穂乃の手首を掴んで乱暴に寝室まで引っ張っていった。

「ちょっ、痛いわ秋光くん！　何するの!?」

「セックスするに決まってるだろ」

「っ……」

僕の腹立ち具合を読み取ったのか、美穂乃は息を呑《の》んだ。

寝室に入ると、僕は美穂乃の服をひん剥《む》きながら、鎖骨のあたりに鼻を埋《うず》めて匂いを嗅いだりした。――ようやくこいつをブチ犯せると思うと、感慨深くさえある。

僕は裸にした美穂乃の身体をベッドに投げ捨てた。そのときには、僕のペニスはこれ以上ないほど充血して痛いほど反り返っていた。

「きゃっ!?」

「ハメるぞ美穂乃。さっさと脚開けよ」

「待って、待って秋光くんっ。あああっ♡」

僕はもったいぶる美穂乃の股間に顔を埋めた。同い年の女子が放つ濃厚なメスの香りに、一瞬むせてしまうかと思った。――それと同時に、意思はともかくこいつの身体は僕に犯されたがっているのだと確信した。

「こっちはもう限界なんだよ。お前のせいであれだけ酷い目に遭ったんだ。その分の報酬はきっちり払ってもらうからな。――もう一度言うぞ、脚開けよ」

自分でも驚くほどドスの利いた声が出た。そんな僕に見下ろされ、美穂乃はびくびくと震えていた。しかしやがて観念したように、自分の膝裏に手を添えて脚を開いた。

「～～っっ」

悔しさと恥ずかしさを全面に出した真っ赤な表情で、美穂乃は僕から顔を逸らす。僕はそれに対しても、「目を開いてこっちを見ろ」と命令した。

「挿入するぞ。自分が犯されるとこ、しっかり見てろよ」

「あうう……っ♡」

「ほら入るぞ。亀頭がメリ込んでく。――ていうかめちゃくちゃ濡れてないか？」

「んおっ♡　おっ♡♡　おおっ!?♡♡」

前戯などほとんどすることなく美穂乃に肉棒を挿入し、全裸で性器を繋げ合う。すっかり慣れ親しんだマンコにチンポをぶち込んだ瞬間、やっと帰ってきたという心地に包まれた。

美穂乃のマンコはいつもよりキツく、それでいて溢れるほどに蜜を滴らせ、僕のチンポを自ら呑み込み、亀頭と竿に貪欲にしゃぶり付いてきた。

「っっ♡♡　あっ♡♡　～～～っっ♡♡」

僕に挿入されている美穂乃の足裏が、ぎちっと音がするくらい強く丸まる。こいつが挿入だけでイってているのは一目瞭然だ。度重なるセックスにより、こいつの身体はすっかり淫乱になった。僕も危うく挿れただけで射精するところだった。

それからあとは、僕も美穂乃も腰を振ることしか考えられなくなった。

僕は、美穂乃が僕のチンポでめちゃくちゃ感じる様を見下ろしながら、体重を乗せて叩きつけるようなピストンをひたすら繰り返した。

「あンっ♡　あっ♡　あっ♡　おッ♡　ああっ♡♡」

「あああ、これヤバい。こんなのやめられる訳ないだろ。オナニーの一億倍気持ちいい！　おい美穂乃っ！　このまま奥でザーメンぶちまけるぞ！」

僕の中出し宣言に対して拒絶の言葉はなかった。

人間の言語を喋れなくなるくらい、美穂乃は快感に翻弄されていた。

それをいいことに、僕は帰ってきてから一発目の射精を始めた。

「ぐっ、うう！　出るぞおッ!!」

射精の瞬間、僕の口から獣が吠えるような声が出た。亀頭の先端から放出された精液が繋がって、白くぶっとい糸を形成しているようだった。どれだけ出しても精液の勢いが止まらず、気持ち良すぎて気絶するかと思った。

頭の中が光に満たされ真っ白になる。この瞬間だけが、自分がクソみたいな異世界にいることを忘れさせる。そして僕が子宮に精子を流し込んでいるあいだ、美穂乃も全身をのけ反らせて思いっきりアクメしていた。

　もちろん僕らのセックスがその一発で終わる訳がない。むしろそれでタガが外れて、二人の交尾は止まらなくなった。ベッドや床の上。壁際やテーブル。部屋のあちこちであらゆる体位でハメ合った。

「ごめんなさいっ、ごめんなさいっ、ごめんなさいっ、ごめんなさいっ、ごめんなさい司っ、お願いだからもう許してっ。普通にイカせてっ。あっ♡　あっ♡　あっ♡　あ——っ♡」

「は？　そんな簡単に許す訳ないだろ！　もう一回奥で射精するから、僕に謝りながらマンコ締めろ！」

「おっ♡　んおおっ♡　ご、ごめんなさいっ♡　イクっ♡　司のおチンチンでイクから許してっ♡　ご、ごめんなさっ♡　あ、んぅううっ！？！？♡♡♡」

「ぐ……あ……！　チンポ搾られる……！　ザーメンめちゃくちゃ出る……！」

　僕は美穂乃の膣内に挿入した肉棒から何度も何度もザーメンを発射し、こいつの子宮を精液漬けにした。しかしいくら射精しようが、僕の怒りにも似た性欲は一向に衰えなかった。僕はどうして美穂乃に怒っているのか。そして美穂乃はどうして僕に謝罪しているのか。第三者に理解してもらうためはっきり言語化するのは難しいが、セックスしている当事者の僕らは理解しているつもりだった。僕はまさに八つ当たりのように腰を美穂乃に叩きつけ、吸い付いてくる肉ヒダをカリ首でこじ開け、亀頭で奥をノックした。そうしていると美穂乃の身体は内側から柔らかくなっていき、まるで初めから僕に抱かれるためのモノであったかのように、肌は手のひらに吸い付いてマンコが肉棒に隙間なくまとわりついた。

僕たちはそうやって一昼夜、ほとんど性器を繋げたままで交尾にふけった。

「んあっ♡　おっ♡　おっ♡　やだっ、やだっ、ヤダっ、まらイくっ♡　んおおっ♡」

前後に動かすピストンではなく、奥にひたすら亀頭を押し付けるような僕の腰の動きに、美穂乃はひどくみっともないヨガりかたを見せた。僕はそれをマジマジと観察しながら、またこいつの子宮めがけて射精した。

「出すぞ美穂乃！　奥で受け止めろ！」

「うあっ♡♡　あっ♡　せ、せーしっ♡　せーし、またおくきてるっ♡　おっ♡　あっ♡　し、しろいっ♡　あたまのなかっ、しろいよぉっ♡」

「うるさい！　黙ってイってろ！」

いつしか美穂乃は僕の射精に反応して絶頂するようにさえなっていた。僕がチンポからドクドクと精液を流し込むと、美穂乃は歯を食いしばり、瞳の奥で火花をチカチカと点滅させながら一段と深くイった。美穂乃の子宮は僕のザーメンを飲むことに慣れ、子宮口で亀頭にかぶりつき、明らかに自らザーメンをねだってきていた。

僕は疲労を感じると、棚にしまってあった体力回復用の治療薬《ポーション》さえ持ち出して美穂乃を犯した。口を開けた小瓶を一息で飲み干すと、ベッドの上の美穂乃を抱え込んで、対面座位で嬲《なぶ》り始めた。美穂乃は額を僕の右肩に乗せて、両手をおずおずと僕の背中に回した。

「は、はひ……♡　あっ♡　あ……っ♡　あう……っ♡　う……っ♡　うっ♡　うう……っ♡」

抱きかかえた美穂乃の身体を揺すっているあいだも、僕とこいつに刻まれた【契約】のルーンが、互いに呼応するように明滅していた。そこに感じる力は、今回の遠征に出かける前よりも明らかに強くなっていた。

「あ♡　これ、だめ♡　わたし♡　なるっ♡　このままだとホントに、つかさのものになっちゃうよぉっ……」

僕が尻を掴んで下から腰を突き上げると、美穂乃は上半身を艶《なま》めかしく反らし、乳房を思いっきり揺らしながら、舌足らずな声で喘ぎだした。

「ひあ♡　あぁあっ♡　おまんこ、きもひぃ♡　きもひぃのぉ♡　つかさ♡　つかさぁぁ♡や、あっ♡　いく、まらいくのっ♡　つかさのおひんぽでいくうっ♡♡」

美穂乃は焦点の合わない瞳から滂沱《ぼうだ》と涙を流し、閉じない口の端からみっともなく涎を垂らし、ドロッドロに蕩《とろ》けた声で僕の名前を呼びながら、マン肉をイキ締めていた。僕は美穂乃を強く抱きしめると、射精衝動を解き放った。

「んお……っ♡　お……っ♡」

僕らは完全に汗だくで、髪の毛さえも濡れていた。

「んじゅるる……♡　ちゅ……♡　じゅるるる……っ♡」

たまに性器同士が繋がっていないときも、僕のペニスは美穂乃の口に咥《くわ》えられていた。志穂乃が寝たきりで部屋から起きてこられないのをいいことに、二人全裸のまま部屋を出て、台所で硬いパンを調達し、それをかじりながらフェラチオさせた。

美穂乃の口内に射精すると、僕は食べかけのパンを美穂乃に差し出した。

「お前も食べろよ」

「……うん」

美穂乃は僕にザーメンを飲まされたことにも文句を言わず、手渡されたパンを床に正座したまま咀嚼《そしゃく》して胃に収めた。そしてこいつは、僕に命令される前に、リビングのテーブルに手をついてこちらに尻を向けた。

僕は美穂乃の背後に立つと、腰のくびれを掴んで割れ目にチンポを挿入した。

「あ、あ、ああ……っ♡　んっ、んっ、んっ、んっ♡♡」

人間らしい会話は失われ、ぱちゅんぱちゅんという粘り気を含んだ水音がリビングに響いた。

魔物との戦闘のさなかに、脳を満たしていたアドレナリン。一歩間違えたら死んでいたという恐怖。そして、それを乗り越えたのだという解放感。あらゆる要因により刺激された繁殖本能が、僕らを動物に変えていた。身体の火照《ほて》りがいつまでも収まらなかった。

テーブルに手をついていた美穂乃は、上半身を前に倒すと、普段食卓として使っているテーブルに胸の膨らみを押しつけ、お尻を高々と上げながらイった。

「んんっ♡　んぅ〜〜〜〜っ♡♡」

それと同時に僕はまた射精した。

そのあと二人で僕の寝室に戻ると、またベッドで正常位で交わった。

「あっ♡　はぁっ♡　はぁっ♡　はぁっ♡　はぁっ♡　んっ♡　んっ♡　んっ♡」

互いの背中に腕を回し、ほぼ密着した状態で僕に突かれながら、美穂乃の口は何かを求めるようにぱくぱくと動いていた。

僕は自分の唇で、こいつの生意気な口を強引に塞いでやりたかった。――――でもそれはしない。それをするのは、こいつが自分からしてくださいって懇願してきたときだけだ。だから僕は、美穂乃の首筋にかぶりつくと、そこに目に見える痕《あと》を残した。

「ふあああ……っ♡」

すると、甲高い声を上げた美穂乃の脚が、僕の腰に絡まった。

僕は最後に一番濃いザーメンをこいつの中に注ぎ込んでやるために、腰を振るスピードを上げた。さすがに射精し過ぎたせいで、気持ちいいのになかなか射精に至れなかった。

「つぐ……!!」

「……あっ♡　……ああっ♡　あ……♡」

最後にイったタイミングも、完全に二人同時だった。

カリに引っ掛かって追いかけてくる膣肉を振り切り、ようやくチンポを膣から引き抜くと、しばらくして美穂乃の胎内から僕のザーメンが逆流してきた。それを見て、よくもまあこんなに射精したものだと、呆れるより笑ってしまった。

それにしても、これだけセックスした直後なのに、どうしてこんなに気力と体力が充実しているのだろう。身体の奥底から力が溢れてくるようだ。

へばった美穂乃を見下ろしながらその理由を考えたが、やはりそれもこの【契約】のルーンにあるように感じられた。

「ひょっとして……レベルアップってやつか？」

陳腐な表現だが、それが最も適切に思える。

他のルーンも使い込めば使い込むほど効力が上がるが、それはこのルーンも例外ではないようだ。僕は今回の遠征で美穂乃と交わした【契約】を守ったのだと、ルーンに認められたのかもしれない。

渓谷地帯で頭の中に聞こえた声。ルーンに意志があるのだろうか。渓谷地帯で聞こえた声。やはりこいつは他と違う、特別なルーンなのか。自分と美穂乃に刻んだルーンを交互に眺めていると、もう打ち止めだと思っていた性欲が蘇ってきた。

僕は、失神した美穂乃を犯し始めた。

第六話　束の間の休息

（1）

「志穂乃、落ち着いて。お願いだから私の話を聞いて」

薄い木製ドアの向こうからは、室内の会話がかすかに聞こえてくる。

この世界における僕の「我が家」は、魔族の領主セラフィナ・エイギーユが支配するエイギーユの街の路地裏にある借家だ。会話は通じるが文字は読めないし常識も異なる異世界で、小さいけれど二階建てのこの家を借りるまでに、僕は本当に苦労した。

壁と屋根のある部屋で、曲がりなりにも「敵」に襲われる心配をせず毛布にくるまって寝られることは、決して当たり前じゃない。元の世界での僕らの暮らしがどれほど恵まれたものだったのか。自覚しているつもりだったけど、実際のところは全く知らなかった。

二階の廊下に立つ僕は、多少の感慨にふけりながら、ドアの向こうの会話に耳を傾けていた。

「絶対そんなことない。あなたは絶対助かるわ。薬だってもうすぐ……――確かに前のはダメだったかもしれないけど、今度こそきっと治るから。だからお姉ちゃんを信じて？……ね？」

こんなふうに、さっきから聞こえてくるのは美穂乃の声ばかりである。部屋の中には志穂乃もいるが、この世界に来てから正体不明の病気にかかった志穂乃は日に日に衰弱し、いまでは大声を出すこともままならない。

それにしても「お姉ちゃん」か。

美穂乃が志穂乃に対して、自分のことをそう呼ぶのは珍しい。

僕はそう思ってから、美穂乃がどんなときにその言葉遣いをするのか、その「法則」について、あいつに教えられたことを思い出した。

――そりゃ丸わかりだよ。逆にお前にはわからないのか？　こういうときは、たいてい志穂乃が駄々をこねてるのさ。

そう言っていたのは恭弥のやつだ。

人の感情を読み取ることにたけたあいつは、このケースに限らず様々な場面で、鈍感な僕が抱いていた長年の疑問に対する答えを、いともたやすく出してみせた。

「…………」

僕は廊下の天井を仰ぎ見た。

どうしていまさらそんなことを考えなければならないのだろう。あいつと自分の違いがどういうところにあったのかなんて、もうどうでもいい話のはずなのに。なんとなく脇腹に手をやった僕の前で、ドアが開く気配がした。

「……いたのね秋光くん。盗み聞きなんて趣味が悪くないかしら」

「志穂乃はどんな様子なんだ」

皮肉を無視して僕が尋ねると、美穂乃は気まずそうに黙り込んだ。そしてしばらくしてから大丈夫と言った。

「ただ……ちょっとイライラしてるみたいだけど。きっと疲れてるのね」

「そっか」

「…………」

「なんて言われたか知らないけど、あんまり真に受けるなよ。お前はお前で頑張ってるんだ」

僕がそう言うと、美穂乃は逆に語気を荒らげた。

「っ……それくらい、秋光くんに言われなくたってわかってるわよ」

「ならいいんだ。余計な口出しして悪かったな」

「あ……」

「どうした？」

「……ううん」

「ここで話してたら志穂乃を起こしちゃうかもしれないな。下に行こう」

僕は志穂乃の部屋の前を離れ階段を降りた。美穂乃はそんな僕の後ろを黙ってついてきた。

皮肉な話だが、この世界に来てから、僕は少しは人の心の機微に聡《さと》くなれたと思う。

さっき優しい言葉で慰めたのは、いまの美穂乃が本当にへこんでいるのがわかったからだ。

もちろん、こいつのメンタルに配慮する義理なんて僕にはない。美穂乃の強がりに下手《へた》に反論せずに引き下がったのも、そのほうがこの後の話を進めやすいと思ったからだ。

一階の食卓の椅子につくと、僕は言った。

「じゃあ改めて、これからのことを話そうか」

「うん。材料は全部手に入れたんだから、あとはそれをセラフィナ様に薬にしてもらうだけよね？」

「ああ」

「セラフィナ様には、いつ会えるの？」

「謁見の手続きはリエラに頼んだ。城から返事が来るまで何日か待ってくれってさ。……そんな不安そうな顔するなよ。そのあいだに志穂乃が死ぬなんてことはないさ」

「……本当にそう思うの？」

「ああ」

ここも、いつもの僕なら「さあね」とはぐらかすところだ。

こういう無責任な安請け合いも、本心では美穂乃たちのことをどうでもいいと思っているからこそ言える。そんな僕にあっさり騙され、美穂乃は少しほっとした表情になった。

「どうせ待つしかないんだから、しばらく依頼を受けるのはやめてゆっくりしよう」

「え……働かなくてもいいの？　ご飯代とかどうするの？」

「それくらいはどうにかできるさ」

美穂乃たちはあくまで居候という立場で、基本的にこの家の財布を管理しているのは僕だ。これまで僕にしつこく言われたためか、美穂乃は以前よりもお金に対して敏感になった。それ自体はいい傾向だ。最終的にあらゆる問題を解決してくれるのがそれであることは、この世界も僕らの世界と同一だった。

美穂乃に言った通り、短い期間を働かずに過ごせるだけの蓄えはある。でも前回の遠征は収支的には大損だった。どうにか持ち帰ることができた貴重な薬草類は志穂乃のためで、生活費にあてるために換金する訳にもいかない。

かと言って、美穂乃から搾れるのはセックスだけだ。

（いざってときは、こいつに身体《からだ》を売らせる手もあるかもしれないけど……）

それは後の手段として取っておこう。

「お互い体力を消耗したんだ。まずは回復を優先しないとな」

「……うん、そうよね。あなたの言う通りにするわ」

やはり少し甘くし過ぎだろうか。こいつの身体で溜まった性欲を発散したことで、僕は絆《ほだ》されたんじゃないだろうか。

――いや、違う。【契約】を抜きにしても、こいつには戦力として利用価値がある。生き残ったからには、無駄に使い捨てないようにすることは大切だ。

「私のことより、秋光くんは大丈夫なの？」

「美穂乃が僕の心配なんて珍しいな」

「いや別に心配してる訳じゃ……小さくため息ついてたし、ちょっと気になっただけよ」

「それより朝ご飯はどうするんだ？　志穂乃にはお粥《かゆ》を持ってったんだろ。僕らは何も食べないのか？」

「あっ、そうよね。いま支度するわ」

美穂乃はいそいそと立ち上がった。姉妹で居候させてやっているぶん、家事は美穂乃の役割だ。僕に背を向けた美穂乃は台所に立った。

美穂乃の背中や腕に傷痕はない。渓谷の竜を含む遠征中に遭遇した何度かの魔物との戦いでこいつも傷を負ったはずだが、素手での戦闘力以外に、自己回復力の強化も美穂乃に与えられた技能《スキル》だ。昨晩抱いているときには既に、傷はほぼ完治していた。

美穂乃が包丁の音を響かせ始めると、僕は全く別のことを考えた。

この家の台所は空間的には食卓と繋がっている。元の世界風に言うならダイニングキッチンだけど、そんな立派な感じじゃない。手狭だし、何より不便だと前から思っていた。

（そりゃこの世界にはガスも電気もないものな。……魔法って便利な技術があるんだし、もう少しなんとかならないのか？）

食材に火を通すための燃料は主に薪《まき》か木炭だ。水は井戸水を使用している。この世界の技術程度なら仕方ないと諦めていたが、ギヴァの渓谷で巨大なダム遺跡を目にしたあとは考えが変わった。

（あそこにダムで貯水池を作ってたってことは、そこからどこかに水を供給してたってことだよな。水道みたいな人工水路だってあったんじゃないか？　地球の古代文明にだって石造りの水道はあったはずだもんな）

これまでは生きるのに精いっぱいで、こういう思考をする時間がなかった。

（あのダム……長いあいだ放置されてたみたいだけど、ひょっとして壊したら不味《まず》かったかな）

一瞬そう思ったけれど、後悔しても遅い。今こんなことを考えていられるのも命があったからだ。あの場ではああする以外方法が浮かばなかったのだからと、僕は開き直った。

その一方で、美穂乃は僕と似たような不満を口にしていた。

「え～っと、前に買っておいたお野菜は……――やだ、腐ってるし。冷蔵庫がないってホント不便よね。秋光くんの魔法でどうにかなったりしないのかしら」

美穂乃は一見大雑把な性格のようでいて、家事全般が得意だ。異世界の不便な台所でも、手際よく朝食を整えていく。さっき志穂乃の部屋を出てきたときの浮かない表情も、いまは幾分か薄れて見えた。僕が体《てい》よく押し付けた面倒な家事は、こいつにとって一種の気分転換になっているようである。

それにしても妙な気分だ。こいつが僕のために料理するなんて。異世界に召喚されるまで全く思いもよらなかった。ある意味こいつとセックスしたことより驚きかもしれない。

「ねえ、ご飯食べたら秋光くんはどうするの？」

「斡旋《あっせん》所に行ってくる。依頼を引き受けるつもりはないけど、情報は集めないといけないし。そのあとも色々回ってこようと思ってる。帰りは夜になると思う」

「うん、わかった。晩ご飯は？」

「勝手に食べててくれ」

本当に不思議な気分だ。

僕らはとっくに幼馴染《おさななじみ》から他人同士になったはずなのに、美穂乃はあいつの恋人なのに、こうやって一つ屋根の下で暮らしている。あまりに妙で、どうかすると「あいつさえ」なんて思ってしまいそうになる。

——あいつさえ、柊恭弥さえ僕らの前に現れなければ、この風景は初めから僕のものになっていたんじゃないか。もしかしたら間違っていたのは元の世界のほうで、今のこの形のほうが「正しい」んじゃないか。美穂乃も志穂乃も、初めから僕が手に入れるべきだったんじゃないか。

（……だから、そんなこと考えるだけ無意味だろ）

僕は自分自身の考えを否定するように首を振った。

「はいお待たせ。……どうしたの？　食べないの？」

「食べるさ。いただきます」

「今夜のおかずに使えそうなお野菜がないし、あとでペイルさんのお店に行かなきゃ」

「……ペイルさんって？」

僕は、薄切り肉が浮いたスープを木のスプーンで口に運びかけ、美穂乃の口から急に出てきた知らない名前に困惑した。

「表通りの八百屋さんよ」

「へー……」

「秋光くん、出かけるついでにお野菜も買ってきてくれたりする？」

「いやいい。ていうか別に無理して野菜食べる必要ないだろ。高いんだし」

「それだと栄養が偏っちゃうでしょ。一人で暮らしてるとき、どういう食生活してたの？　キャンプとかは上手になっても、そういうのに無頓着なとこ、あんまり変わってないのね」

「お前にお説教なんかされたくないよ」

お前が僕の何を知ってるんだと思いつつ、僕は美穂乃にそう返した。


美穂乃との朝食を終えてから、僕は一人で外出した。

最初の目的地は自由傭兵《ようへい》の斡旋所だ。

朝から昼にかけてのエイギーユの街の通りは、そんなに住民が出歩いていない。住人の大半を占める魔族が、どちらかと言えば夜行性なのが関係しているのだろう。特に斡旋所があるあたりは、周囲にある飲み屋が閉まっているせいで閑散とした空気が漂っている。しかし、この街では珍しい人間の僕にとって、目立たずに済むのはむしろ好都合だ。

このエイギーユの街で暮らし始めたのは僕が先なのに、現在では美穂乃のほうが周囲に馴染んでいる。それこそ、家の近所の八百屋の名前を把握するくらい。魔族をはじめとする異種族がひしめくこの街で、最初は怯えていたのが嘘のようだ。

これも生まれ持ったコミュ力ってやつだろうか。

それはともかくとして、収入という面で僕らの生活を支えるのが自由傭兵という仕事だ。その名の通り戦場で働いたり、商人の護衛や用心棒をしたり、魔物退治の依頼を受けたりする。良く言えば異世界から来た身分不詳の僕らでも受け入れる度量を持った——悪く言えばよほど怪しいゴロツキでもなれる職業だ。

斡旋所の扉をくぐると、建物内に他の自由傭兵の姿はなかった。

すぐに僕が入ってきたことに気付いたのは、カウンターの向こうにいる制服姿の女魔族だ。

「おはようございます、アキミツさん」

この魔族の名前はリエラ。彼女は片眼鏡《モノクル》の奥の切れ長の目を僕に向け、ぴくりとも表情を動かさずに挨拶した。

外見的に僕ら人間とほとんど違わない魔族の特徴は、頭から伸びる二本の角である。リエラが間違いなく魔族なのは、その角を見ればわかる。位置関係的にカウンターに隠れて見えないが、下半身には悪魔みたいな尻尾《しっぽ》も生えている。

カウンターに近付いた僕に向かって、リエラは単刀直入に言った。

「まだエイギーユの城からは返事が来ていません」

リエラは常にぴんと背筋を伸ばし、有能な秘書のような雰囲気を持つ美人だけど、愛想は全くない。いまのはきっと僕が申し込んでいたセラフィナとの謁見に関する台詞《せりふ》だが、「残念ですが」とか、もう少し前置きがあっても許されるんじゃないだろうか。そのあたり、リエラとの会話には、回り道しがちな美穂乃との会話とは別の不満を抱くことがある。そう思う僕は僕で身勝手だ。

「返事が来るとしたらいつごろになりそうですか？」

「向こうの都合次第ですので答えられません」

「……了解です」

リエラはばっさり切り捨てた。僕は「連絡があったら教えてください」と言うしかなかった。

――そしてあっさり用事が済んでしまった僕が踵《きびす》を返そうとすると、「もうお帰りですか」とリエラが言った。

「せっかくですし、少しゆっくりしていかれては？」

「……は？」

「お茶を用意します」

リエラを知る他の者たちにしてみたら、雨の代わりに槍が降るくらいの衝撃だろう。僕の返事を聞かずにリエラは奥へと引っ込んだ。そしてしばらくすると、湯気を立てる磁器のカップを持って戻ってきてカウンターに置いた。

「毒は入っていませんよ」

僕がカップに手を付けないでいると、リエラはそう言った。相変わらず表情が動かないので、冗談なのかどうか判別がつかなかった。

やがて僕はその茶を一息に飲んだ。空になったカップを置いたタイミングで、リエラが「申し訳ありませんでした」と言った。

「なんで謝るんですか、リエラさん」

「ミホノさんと行った渓谷地帯で、竜型の魔物に遭遇したのでしょう？」

「…………」

「実はその竜のことを、私は事前に把握していました」

リエラはしれっとそう言った。

それはいわゆる衝撃の告白というやつだったが、僕はあまり驚かなかった。

「あの街には、あの渓谷への侵入を阻む竜が棲《す》んでいるという噂……というより昔話があります。ご存じでしたか？」

「初耳ですね。知ってたなら――」

「『知っていたなら、どうして話さなかったんだ』」

「…………」

「その理由を知りたければ、今夜私の部屋に来てください」

リエラはそう言うと同時に、カウンターに乗せていた僕の右手の甲を、自分の指で撫でた。

「それとも『彼女たち』が待っているから……『僕ら』の家に帰らないといけないですか？」

そう言ったリエラの瞳に、初めて感情らしいものが動いた。

§

斡旋所から出た僕は、次に鍛冶《かじ》屋に向かった。理由は単純に、渓谷地帯で失った剣の代わりを調達するためだ。

あのやり取りがあった直後、僕とリエラしかいなかった斡旋所に珍しく他の自由傭兵のパーティが入ってきた。その瞬間、彼女はいつもの無表情な受付職員に戻っていた。

僕が美穂乃を連れてギヴァの渓谷に向かうことを知っていたリエラが、たとえ噂話程度でもその地域に存在する危険について黙っていたのはどうしてなのか。その答えは、彼女の望み通り今夜部屋まで行けば聞けるだろう。

「剣が欲しい？　なんだよ、前に鍛えてやったばっかなのに、もうなくしたのか」

鍛冶屋に行くと、人型の石の塊のような岩人《いわびと》が金床《かなとこ》の前でハンマーを振るっていた。

「ええそうなんです。すみません」

「明後日《あさって》のほう見て、そんな心の籠《こも》らねえ謝り方があるかよ。何か考え事でもあるのか？　本当に悪いと思ってるならなあ――……やれやれ」

岩人の鍛冶屋が頭部を掻くと、ゴリゴリと固い音がした。

「まあこっちも仕事だしな。注文されりゃいくらでも打つけどよ。その代わりどうやってなくしたのか、詳しい事情を教えろよ」

「…………」

「嫌なのか？　嫌だったら他の鍛冶屋に行きな」

今日はやけに色々な条件を提示される。そういう日なんだろうかと僕は思った。

「お前の言葉は丁寧に見えて心が籠ってねえんだよなあ。世の中、大切なのは人情だぜ？」

無機質な岩の塊に、そんなダメ出しをされるとは思っていなかった。

つまり僕は、よっぽど人として終わっているのだろう。

岩人は、床に落ちていた石炭みたいな石を一つ拾って食べた。

「美味《おい》しいんですか、それ」

「ああ美味《うま》いぞ。お前も食うか？」

「遠慮しときます」

「だからため口でいいよ。見たとこ歳《とし》も同じくらいだろ？」

「……いや、そんな訳ないだろ」

「ははは」

正直、こういうノリは昔から苦手だ。僕がうんざりしているのに気付いているのかいないのか、岩人は洞穴から響いてくるような声で笑った。

「で、どうして剣をなくしたんだ？」

「……竜に追い回されて、逃げてる最中にどこかに行ったんだ」

「はあ？　竜だって？　竜なんざ俺も拝んだことねえよ。どうせホラを吹くなら、もうちょい上等なやつにしろよ。……でもまあ、そういうことならわかったぜ。その竜に勝てるように、前よりいい剣を打ってやらねえとな」

この岩人は、なぜか僕の答えを気に入ったらしい。僕のために新しい剣を鍛えてくれることになった。

「毎度あり。他の注文もあるから、何日かしたら取りに来な」

もちろん無料奉仕じゃない。それなりの額を提示された。かなり痛い出費だけど、この世界で武器は必需品だから背に腹は代えられなかった。

「剣の形と重さは前と同じでいいのか？」

「ああ」

「例の『あれ』はどうする？　新しい剣ができるまで丸腰か？」

「ルーンのことなら……それも前と同じで。完成するまでは家に置いてある予備を使うよ」

「どうせ安物のなまくらだろ。これ持っていきな。タダでいいぜ」

ハンマーを置いた岩人は、座ったまま手の届く場所にあった剣を掴むと、僕のほうへ投げて寄越した。

（2）

魔族の領主が支配するこのエイギーユの街で、近所付き合いもほぼない僕が最も深い付き合いをしているのは誰か。――大家さんには今の家を貸してくれたという意味で恩を感じているが、だからと言って家賃を支払う以外の交流がある訳じゃない。するとやっぱり斡旋所のリエラだろう。

リエラはこの街の集合住宅のような建物の一室に住んでいる。一軒家ではないものの調理設備や浴室までついた、僕の家よりよっぽど高級な部屋だ。ホテルのスイートルームを想像してくれるといい。

ここを訪れるたびに思うのは、斡旋所の職員っていうのはそんなに給料がもらえるのかということだった。

「こんばんはアキミツさん」

入口のドアをノックしてからしばらく待つと、ドアは内側から開いた。

そこでリエラの格好を目にした僕は、少し眉をひそめた。

「……なんで裸なんですか？」

「ちょうどお湯を浴びていたところだったので」

一糸まとわぬ姿で立つリエラの肌は、言葉通り湯上がりのように火照《ほて》っている。

「アキミツさんも、どうして丁寧語なのですか？　ここには私とあなた以外に居ませんが」

「…………」

「当然、ミホノさんも見ていません」

「入っていいんだろ」

「もちろんです」

リエラはそう言うと、僕に背を向けた。僕はそのあとからリエラの部屋に上がり込んだ。相変わらず他の家具は最低限なのに、壁一面の本棚が目を引く部屋だ。

リエラは中途半端に濡れた身体を拭くために、そのへんに置いてあったタオルを取った。美穂乃よりも身長が高くスタイルの良い彼女の尻からは、長く立派な尻尾が伸びている。それが作りモノでないことは、彼女の身体の動きに合わせてバランスを取るように動いていることからもわかる。

そしてリエラの尻尾の付け根近くには、もう一つ目を引く特徴がある。

それは美穂乃の下腹部に刻まれているのと同じ、魔力で描かれた【契約】の紋様だ。

僕はリエラが服を着るまで待つつもりだったが、身体を拭き終わった彼女は僕のほうを向き、こちらに歩み寄ってきた。

「ここに来たら、僕に嘘をついた理由を教えてくれるって言ったよな」

「正確には嘘をついた訳ではありません。知っていたことを話さなかっただけです」

「……どうしてこっちの服を脱がせようとするんだ？　はぐらかすなよ」

「ふふっ」

僕が尋ねると、僕の上着に手をかけていたリエラは口元に笑みを浮かべた。

「つまらない話より先に、楽しいことをしませんか？　――ねえ『秋光くん』」

リエラは僕の背中に腕を回し、顔を近付けてきた。よく見ると人間とは異なる形をした魔族の虹彩が目の前に迫ってくる。その次の瞬間、僕らの唇は重なっていた。

「ン……♡　はぁ♡」

昼間の怜悧《れいり》な面影はどこへやら、リエラはすっかりその気になっていた。重なり合った二人の口内では、互いの舌がねっとりと絡みついている。——話はとりあえずセックスしてから、ということのようだ。僕はリエラを抱きしめたままキスを続けた。

美穂乃たちには言っていないが、僕とリエラはあいつらがこの街に来るずっと前からこういう関係だ。表向きは単なる仕事上の付き合いを保っているが、しばしば相手の身体を性欲解消の道具に利用している。

リエラの貪るようなキスに付き合いながら、僕は右手で彼女の胸を揉みしだいた。手のひらに収まりきらないほどの柔らかな塊に五指を沈めて、執拗に揉み込んでいく。巨乳さでは美穂乃よりもリエラのほうが上かもしれない。

自分とセックスするまで僕が童貞だと思い込んでいた美穂乃が、この光景を見たらどう思うだろう。

「今夜はできるだけ乱暴に犯してください。……どうしてという顔をしていますね。【契約】に違反した者には、相応の罰が必要でしょう？」

リエラは妖艶《ようえん》に微笑《ほほえ》んだ。人間と比較して暗闇でもある程度の距離を見通せるという魔族の瞳が、ほのかに光っているように見えた。

美穂乃だけじゃなく、僕はこのリエラともルーンを介した【契約】を結んでいる。美穂乃たちと再会するよりずっと前に、僕らの【契約】は成立した。

リエラがあの竜の情報を僕に伝えなかったのは、僕を罠にハメて殺そうとしたからじゃないだろう。仮に本気でそんなことを試みればルーンが黙っていない。僕が渓谷地帯で味わったように死ぬほどの苦痛が彼女を襲うか、あるいは本気で死ぬ。

じゃあ考えられるのは一つだ。リエラが危害を加えようとしたのは僕じゃない。

「あっ――♡」

痛みを伴うくらいの握力で乳房を揉むと、リエラの口から官能的な声が漏れた。乳首は既に勃起しており、乳房の柔らかさとは違うコリコリとした感触が手に伝わってきた。

「あっ、はああ……ッ♡　そう、手形がつくくらい乱暴に揉んでくださいっ、んっ♡　ミホノさんと、どっちが大きいですか？」

思う存分揉んでから手を離すと、こちらの意図を理解した彼女は、床に跪《ひざまず》いて僕のズボンを下ろした。その下から跳ね上がるように現れた肉棒は、既にガチガチに反り返っていた。

「ン……♡　ちゅ」

リエラはさっきのキスで潤った唇で亀頭に口づけし、そのままフェラチオを始めた。肉棒が熱くヌルついた感触に包まれ、角の生えたリエラの頭が前後上下に動いた。

（僕を殺そうとしたんじゃない。……つまりこいつは、美穂乃に嫉妬したってことか？）

フェラチオを続けるリエラを見下ろしながら、僕は考えた。

美穂乃と志穂乃がこの街に来て以来、僕はあいつらの問題にかかりきりだった。そして美穂乃と【契約】を結んで以後は、あいつの身体を調教するのが面白くて、リエラとはほとんどセックスしていなかった。

ではリエラの行為は、嫉妬という感情から来る美穂乃に対する嫌がらせということなのだろうか。それは違うだろう。

リエラは美穂乃よりずっと慣れた舌使いで、カリ首や肉竿を上手にあやした。舌先で鈴口をトントンと叩いたりと、男の弱点を心得ている動きだ。細くしなやかな指は、僕の尻や太ももあたりをくすぐるように撫で回して快感を煽《あお》ってくる。

フェラチオの快楽に浸る僕は、リエラの角をハンドルのように掴んだ。

角は魔族にとっては種族の象徴で、一種の誇りだ。例えば盛装するときも、角に飾る専用のアクセサリーがあったりする。同時にここは非常にデリケートな部位でもある。しかしそれを無造作に掴まれてもリエラは全く動じない。受け入れて、歯を立てないよう丁寧かつ丁重に僕のペニスを舐めていた。

（く……っ、もう出そうだ。このままこいつの口の中に出してやる！）

リエラの角を持った僕は、それを自分のほうへと引き寄せながら射精した。肉棒が跳ねまわ

り先端から熱いザーメンがドクドク噴き出してくる。腰が溶けるほどの快感が僕を襲った。

「ンぐ……っ、んん……ッ」

秋光くんは射精し過ぎる。美穂乃がそう文句を言う量の精液を、リエラは若干顔を歪《ゆが》めつつも喉を動かし飲み下していく。リエラの尻尾は床を叩いて、表情以上にわかりやすく苦しさをアピールしていた。

しかしリエラが言う通りこれは罰なのだから、苦しいのは当然だった。右手のルーンから伝わる魔力も、契約違反者に制裁を加える僕の行為を肯定しているように思える。

「ん、はあ……♡　飲みましたアキミツさん」

「当然だろ」

リエラの唾液まみれのペニスを反り返らせたまま、僕は言い放った。

「次は下に挿入するからな」

「はい、お願いします」

リエラはテーブルに手をついて、僕に尻を差し出した。

滑らかな尻たぶを掴んで左右に拡げると、リエラの秘所は丸見えになった。膣奥から糸を引きそうなほど愛液が滴り、鮮やかなピンク色の膣肉が僕を誘っている。尻尾は僕の邪魔にならないよう横に垂れ下がっていた。

亀頭と膣の入口の粘膜同士がぴたりとくっついた瞬間、僕の腰は一瞬止まった。——しかしそこから肉棒がズブズブと沈んでいくにしたがって、リエラの頭がうつむいていき、口から感極まった長い声が漏れた。

「あ、はあああ……っ♡♡」

斡旋所で働いているときはすまし顔をしているくせに、リエラの膣内は僕の肉棒を全体でぎゅうっと貪欲に締め付けてきた。

見た目に多少の差異があっても、魔族と人間は普通に交尾することができる。年上の魔族の女と立ちバックで繋がった僕は、背中越しに言葉で彼女を煽った。

「なあ、締まりが凄いぞ。そんなに欲求不満だったのか？」

「当たり前です。ミホノさんが来て以来、あなたがあの方に構ってばかりなのがいけないんでしょう？　女だって溜まるものは溜まるんですから──ンああっ♡♡」

「それって単にそっちの性欲が強いだけじゃないのか？」

「あっ、あっ、あっ、んんっ♡」

パンパンと腰をぶつけ合う音が響き、愛液でコーティングされたチンポが膣内を往復する。

僕の動きに合わせ、リエラも自ら腰を前後させ始めた。

「人のチンポを食い千切る気かよ。ひょっとして、魔族にも発情期ってあるのかな？」

「あっ♡　んんぅっ♡♡　深いところまで一気に♡　これすごいっ♡」

リエラの巨乳が腰突きに合わせて揺れる。確かに最近美穂乃を犯してばかりだったから、違うマンコの挿れ心地と違う音色の喘ぎ声が、僕をより興奮させた。

「ねえアキミツさん♡　もっと動いてっ♡」

「僕ばっかり動いたんじゃ罰にならないだろ。これ以上気持ち良くなりたかったらそっちが動いたらどうですか？　リエラさん・・・・」

「ンっ♡　くぅうっ♡♡」

腰をぐいっとねじ込むと、膣内がびくびくびく震えた。

尻尾が動いて、リエラがイっているあいだ僕の左脚に巻き付いていた。

イキ終わったリエラは、はあはあと荒い呼吸を繰り返しながら腰を動かした。僕はあえて仁王立ちのまま動きを止めて、生ハメの快楽だけを享受した。

「ンっ♡　ンっ♡　ンっ♡　ンんぅっ♡」

「もっと速くできないのか？」

僕が呆れ声を出すとリエラの腰がスピードアップした。

この行為の主導権は僕が握っているようだが、リエラの膣は気を抜いたら即発射してしまいそうになるくらいの名器だ。下腹部に力を入れて耐えることだけに集中していなければとっくに射精していたはずである。

最後に深く腰を打ち付けたと同時に、リエラは膣奥をひときわ強く締めた。

「ぐっう!!　出るっ!!」

「ンっ♡　んんぅうっ!!♡♡」

僕はリエラの膣に包まれたまま、どぴゅどぴゅと射精した。子宮内部に叩きつけるような勢いで精液が迸《ほとばし》る。そして射精の半ばくらいまでくると、僕はマンコから肉棒を引き抜いた。

「あ……♡　背中熱い……♡」

白くねばついた液体が放物線を描き、リエラの背中にぼたぼたと降り注ぐ。それは尻尾の付け根あたりに刻まれたルーンの上にも落ちて、【契約】を表す紋様が反応したみたいに淡い魔力の光を放った。

しばし余韻を味わってから、リエラは乱れた髪を手櫛《てぐし》で整えながらため息をついた。

「……ふう。繋がって五分も経っていないのに、お互いあっさり絶頂してしまいましたね」

「なんでそんなに可笑《おか》しそうなんだよ」

「さあ？　幼馴染に夢中なはずのアキミツさんが、私の中にも無節操に子種をばらまくのが可笑しかったから……でしょうか」

さっきまで媚《こび》を含んでいたリエラの声は、再び感情が読み取りにくいものになっていた。この言葉も本気なのか判断に迷う。

「全くもう。アキミツさんの精液で背中がべとべとです。さっきお湯を浴びたばかりなのに」

汚されたみたいにリエラは言ったが、それはお互い様だ。僕の肉棒も、先端から根元までリエラの愛液で濡れてテカっている。

「もう一度身体を洗わないと。アキミツさんもご一緒にいかがですか？」

それから僕はリエラと共に浴室に移動し、身体を洗いながらひたすら舌を交わらせた。

さらにそのあと、ベッドのある部屋で、僕とリエラはセックスに溺れた。

もしかしたら、いまごろ美穂乃が夕飯を用意して家で待っているかもしれないと思うと、なぜだか余計にリエラを犯す腰の動きに熱が入った。


「今さら言うまでもないことですが、私とあなたはそのルーンの【契約】の力で結ばれています。命を懸けでもしない限り、私が本気であなたを裏切ることは不可能です」

リエラの部屋を訪れてからだいぶ時間が経ち、完全に深夜と呼べる時間帯になった。

僕はリエラのベッドに仰向けで寝ている。リエラは僕の隣で上半身を起こしていた。寝室にはさっきまで行われていた性交の激しさが痕跡として残り、リエラの声もどことなく気だるげだった。

「アキミツさんたちが遭遇した竜について私が持っていたのは、噂程度の情報に過ぎません。それを話さなかっただけでは、完全な契約違反とは見なされなかったようですね。……まあ、それでも相当のペナルティは受けましたが」

そう言いつつ、リエラは心臓のあたりに手を当てた。

僕と美穂乃がギヴァの渓谷で竜に追い回されていたころ、きっとリエラもあの全身を引き裂くような痛みを体験したのだろう。

「そんな無茶してまで、僕に嫌がらせしたかったのか」

「その点についての解釈はどうぞご自由に」

リエラは僕の脇腹にある傷痕の周辺を撫で、それから上に覆いかぶさってきた。

「ただ、ご自分にミホノさん以外の女がいることを忘れられては困りますからね」

鋭い目つきで釘を刺すようなことを言ってから、リエラは僕と舌を絡めるキスをした。

こんなふうに彼女が僕に執着めいた様子を見せるのは、別に恋愛感情とかが原因ではないとわかっている。

騎乗位で僕の肉棒を飲み込もうとしたリエラに、僕は呼びかけた。

「わかってますよ。何しろ僕らはお互い同じ世界から来た人間ですからね、先輩」

「…………。――ンっ♡」

「同じような目に遭った者同士、協力するって【契約】ですから。いちいち念を押されなくても、それは忘れたりしませんよ」

「あっ♡　あっ♡　ああっ♡」

リエラは僕の言葉に耳を貸さず腰をグラインドさせた。僕と美穂乃たちが住む家にあるのより数段上等なベッドが、ギシギシと軋《きし》み出す。

僕とリエラがこういう関係になったのも、ルーンによる【契約】を結ぶことになったのも、それなりにちゃんとした理由がある。

僕がリエラの、他人には決して言えない秘密を知っているからだ。

僕や美穂乃や恭弥をはじめ、地球という星の日本という国にある学園の生徒たちをこちらに招いたのは、この世界の人間が行使した召喚魔法だ。その人間の思惑は置いておいて、僕らがここに来られたからには、いくつかそこから導き出せる結論がある。

一つ目は、あちらからこちらに来た人間が、僕らだけとは限らないということだ。過去にもそういう人間がいたとしても、何も驚くことじゃない。

そしてもう一つは、召喚という技術は、僕らを招いたやつらの専売特許じゃないだろうということだ。――他の国で、あるいは召喚魔法ではない方法で、僕らのようにこちらに来てしまった人間がいるかもしれない。

そしてまさにその実例が、僕の身体の上で腰を振っているリエラだった。

そもそも『リエラ』とは彼女の本当の名前ではないらしい。それどころか、彼女は生まれついての魔族ですらない。

彼女は僕らと同じ日本人だ。

リエラがこっちに来たときの事情を細部まで聞かされている訳ではない。しかし彼女は元から魔族ではなく、僕らと同じ世界からこっちに来た拍子に、なんらかのアクシデントによって肉体まで変わってしまった。

リエラは腰をくねらせながら、自分が失った人間としての肉体を懐かしむような目で、僕の肩や胸を撫で回していた。

「不思議だよな。異世界に召喚されたら種族まで変わるなんて。その角も、この尻尾だって本物なんだろ？」

「他人事《ひとごと》ではないでしょう？　変わったのは、あなた方も同じですよっ♡　んッ♡」

「…………」

「あっ♡　はァあ♡♡　見た目が変わっていないだけで、秋光くんも美穂乃さんも私と同じ。もう普通の人間じゃない。そうでなければ――」

魔法なんてものが使えたり、異常な身体能力を手に入れたり、魔物の攻撃を食らっても怪我はするけどある程度は耐えられる。それが単に恩寵《ギフト》とかいう不思議な力を与えられたというだけで説明できる訳がないとリエラは言う。

それを自分が選ばれた証拠だと思うやつもいれば、元に戻りたいと思うやつだっている。

「そう、秋光くんだって私と同じ……」

僕の肉棒を咥《くわ》え込んだままリエラは乱れに乱れ、最終的に僕の上で絶頂した。

「あ、はあ……♡　はぁあ……♡　子宮に精液注がれてる。わかりますよね、秋光くん。私とあなたは同じ。あなたのことを本当に理解しているのは私だけ」

リエラは微笑みながら自分のヘソの下を両手で撫でると、いきなり無表情になった。

「幼馴染ばかり構っていたら、放っておかれた女が何をするかわかりませんよ？」

§

リエラのやつに脅迫めいたことを言われてからしばらく経って、僕は相変わらずセラフィナとの謁見の機会を待っていた。

もちろん家に引きこもっていたばかりじゃなく、前の遠征で痛めた身体を休めて、情報収集にも励んだ。この世界にはテレビもスマホもない。外のことを知るためには、自分から積極的に動かなければならない。

従って斡旋所に顔を出さない訳にはいかなかった。

斡旋所で話すときのリエラは、大体以前と変わらない。情報料も、斡旋所で定められた規定の料金をきっちり取られる。

でもたまに、リエラは露骨に僕を誘う仕草を見せるようになった。

「リエラさん、何か変わった情報はありますか？」

「そうですね。確認しますので少々お待ちください」

そう言いながらリエラが何気なく横髪をかき上げて見えた首元には、赤い虫刺されのような痕《あと》があった。「仕事に支障が出て困ります」と言われた気がした。

それを言うなら僕のほうにも言い分がある。昨夜美穂乃とセックスしている最中に、背中に残った爪痕が誰によるものなのかをあいつに指摘されて焦った。——いや、本当は焦る必要なんてないけれど、面倒だからわざわざああいうことはしないで欲しい。

「ちょうどアキミツさんたちが遠征に出かけていた時期に、東の沼地周辺で、魔族の諸侯と人間の軍勢の小競り合いがあったそうです」

「小競り合いってどんな？」

「いまのところ詳細までは。ですがあそこは、以前からしばしば種族間の争いが頻発してきた地域ですから」

そういうことがあっても不思議ではないでしょうとリエラは言った。

「このまま種族間の対立が激しくなれば、この街の空気にも変化が現れるかもしれませんね。これまでこの街はアキミツさんのような人間に対しても寛容でしたが、これからもそうとは限りません」

「…………」

「だから魔族の中に手頃な後ろ盾が欲しい。アキミツさんの考えは良くわかります。あなたがセラフィナ様に会おうとしているのも、ミホノさんたちのためだけではなく、そういう理由もあるからでは？」

もう一つの変化として、リエラは口数が増えた。

僕には僕の、リエラにはリエラの目的がある。お互いの目的に口を出すのは僕らの【契約】に含まれていないはずなのに。

確かにリエラの言うことは事実だ。無関係な人間と魔族の小競り合いにより、この街でさらに肩身が狭くなって住めなくなるのは困る。――美穂乃たちを居候させているあの家は、僕にとってこの世界でやっと手に入れた安心できる住処《すみか》だった。今の僕に自分以外で失いたくないものがあるとすれば、それはあの家だ。手頃な後ろ盾というのは、そういう意味で魅力的な響きがあった。

とりあえず、僕はリエラの問いかけには直接答えなかった。

「で、城からの返事は？」

「まだです」

こちらは今日も空振りだ。前はすんなりセラフィナに会うことができたのに。いつまでもったいぶるのだろう。このままでは、返事を待っているあいだに貯金が尽きてしまうかもしれない。いやそれより先に、志穂乃だっていつまで持ちこたえられるかわからない。

用が済んで斡旋所を出ようとした僕の背中に、リエラが「ところで」と言って呼び止めた。

「この街の近くに、新しい川ができたそうです」

「川？　えっと……なんの話だ？」

リエラが口にした予想外の単語に、思わず素の口調が出てしまった。

「渓谷地帯のほうから流れてきた大量の水がエイギーユ領内に侵入し、新しい川を作ったそうです。何が起きているか確認のために人手が必要になっています」

もしここに美穂乃がいたら、あいつは露骨に顔色を変えたかもしれない。

その新しい川というのは、間違いなく僕らが渓谷地帯で破壊したダムと関係している。あれだけの水量が溢れたら、下流に影響が出るのは当然だった。

「幸い水の流れは緩やかで農地からも離れていますが……そう言えばアキミツさんは渓谷地帯に行かれていましたね？」

「…………」

「職務上、一応確認させていただきます。何か心当たりでも？」

「いや、全然」

「そうですか、ではそのように報告します」

僕がとぼけると、リエラもすまし顔で片眼鏡《モノクル》に指を添えた。

第七話　籠の鳥を目指して

（1）

僕が街を歩いていると、この街では数少ない知り合いを見かけた。

大家さんだ。

大家さんの本名はシルエという。僕が美穂乃たちと暮らしている家は、そもそも彼女の所有物である。大家さんは僕の存在に気付く様子もなく庭で何かを眺めていた。

せっかく向こうが気付いていないのだから、わざわざ声をかけずにスルーすべきか。僕は一瞬迷ったが、普段はおっとりした印象の彼女が、どこか不安そうな表情をしている理由が気になった。先日の遠征中は、志穂乃の看病を頼んだ手前もある。

あの件については謝礼を渡そうとしたのだが、依然として受け取ってもらえていない。そしてそれを抜きにしても、この街に来たばかりで身分の怪しい僕に、彼女はいまの家を貸してくれた。恩と言うほどではなくても、借りは感じる。

「こんにちは、大家さん」

「――え？　あらアキミツくん、お帰りなさい。今日もお仕事だったのかしら」

大家さんは僕のほうを向いて微笑《ほほえ》んだ。包容力のある大人の女性の笑顔。あえて言葉で表現するならそんな感じだ。

素性が知れないうえ、自由傭兵《ようへい》なんていかがわしい職業の男にそういう顔を向けるのは、やめておいたほうがいいんじゃないかと思う。しかしそれを指摘するのは流石《さすが》に余計なお世話だろう。

「この前はありがとうございました。お陰で助かりました」

「シホノちゃんの看病のこと？　いいのよ別に。困っているときはお互い様だもの」

「そうですね」

この世界では助け合いなんてきれいごとの建前に過ぎない。都合良く利用する側と逆に利用される側がいるだけだ。そう思っても口には出さなかった。

「あれからシホノちゃんの具合はどうかしら」

「いや、それがまだ。けど、もうすぐ薬が手に入る予定ですから」

「そうなのね。……良くなるといいわね。ううん、きっと良くなるわ」

少なくとも表面上は、心から同情しているという顔で彼女は言った。僕はその視線から目を逸らし、さっきこの人が見ていたものについて尋ねた。

「あの物置がどうかしたんですか?」

僕がその建物を物置と呼んだのは、第一印象でそう感じたからだ。庭に立つその四角い建物は、物置あるいは倉庫か蔵のように見える。

まあ、たとえどういう言葉で表現しようが、この世界に来たときから働いている不思議な力によって、僕の日本語は自動的に翻訳されるのだが。

「うん、ちょっとね……。あそこには使わなくなった古い家具なんかがしまってあるんだけど、最近たまに中から変な音が聞こえる気がするの」

「変な音?」

「音っていうか、声っていうか……ミアシェがはじめに気付いて、泥棒かと思ったんだけど」

大家さんは胸の下で腕を組み、片手を頬に当てたポーズで小首を傾《かし》げた。

僕はリエラが話していたことを思い出した。最近エイギーユの街では空き巣被害が多発しているそうだ。自由傭兵向けの依頼にも商店などの用心棒が増えていた。目に見えて荒れているということはないが、治安が以前より悪化しているのかもしれない。

「そう言えばミアシェちゃんは?」

「あの子なら、朝からどこかに遊びに行ったわ。危ないからあんまり外に出ないでって言ってるのに、ちょっと目を離した隙に」

ミアシェというのはこの人の娘で、離婚したのか死別したのか知らないが、大家さんは女手一つで彼女を育てている。大家さんはため息をついてから、物置の物音に話を戻した。

「泥棒じゃなくて、何か動物でも棲《す》み付いちゃったのかしら」

「ネズミとかですかね」

「うう……だったら嫌だなあ」

大家さんは、自分の身体《からだ》を抱いてぶるりと震えた。

この世界の「ネズミ」は、元の世界にいたのより数段凶暴な害獣だ。ドブネズミより二回り以上大きく、魔物の一種と言って差し支えない。その姿を頭に思い浮かべながら、僕は大家さんに提案した。

「どうですか。駆除だったら僕が引き受けますよ。そういうのも仕事ですしね」

「アキミツくんが？　そっか、アキミツくんは自由傭兵なのよね」

自由傭兵が依頼者から直接依頼を引き受けるのは、厳密にはルール違反だ。斡旋《あっせん》所を介さなかったことでリエラは嫌な顔をするかもしれない。

だがそれは、僕さえ黙っていれば済むことだ。このあいだの負債を清算したいと思っていた僕にとって、これは渡りに船である。誤解のないように、僕ははっきり念を押した。

「報酬は要《い》りません。志穂乃の看病代の代わりだと思ってください」

「……そうね、じゃあお願いしちゃおうかしら。けどタダで働いてもらうのは悪いし、あとで何かの形でお礼させてもらうわ」

大家さんはしばらく迷ってからそう答えた。

ネズミ退治程度なら僕一人で十分だ。わざわざ美穂乃を呼びつけるまでもない。引き受けたからにはさっさと片付けてしまおう。

大家さんに物置の扉の鍵を開けてもらうと、僕は中に足を踏み入れた。

「暗くないかしら。私たちは少しくらいなら暗いところでも見えるけど、アキミツくんは魔族じゃないし……」

「大丈夫です」

そう言った僕が庭で拾った石にルーンを刻むと、それが光を放ち始める。

すると大家さんは目を丸くした。

「魔法？　アキミツくんって若いのに凄いのね……」

僕の印術はこの世界では時代遅れの魔法系統だ。それでも何かしらの魔法を使えるというだけで、こんなふうに一目置かれることもある。本人の努力が無意味という訳ではないが、魔法への適性は生まれ落ちたときにどんな恩寵《ギフト》をもらえるかによるところが大きい。そしてその大多数は役にも立たない恩寵《ギフト》だ。

煌々《こうこう》と輝くというほどでなくとも、ルーンの灯かりは倉庫内を見回すには十分だった。てっきり外で待っているものだと思ったら、大家さんは僕の後ろについてきた。天井や床の隅を不安そうに見回しながら、僕のほうにやけに身体を寄せてきている。

「何かいそう?」

「……特に見当たらないですね」

大家さんに言った通り、ざっと見たところ何かが潜んでいる気配はない。自由傭兵の駆け出しだったころにネズミ退治は何度か引き受けたが、やつらが放つ独特の匂いはなかった。――というか大家さんの距離が近いせいで、物置の黴《かび》臭さの中にかすかにいい香りが混じっているほどだ。

「いつもはどの辺から音がするんですか?」

「う～ん……」

大家さんは少し考えてから、あまり自信なさそうに「床のほうだと思うんだけど」と言った。

僕は試しにその場にしゃがみこんでみた。その物音が本当にネズミの仕業なら、悪食《あくじき》なあいつらの食べカスが少しくらいは残っているはずだ。

「………………」

「どう?」

「安心してください。とりあえずネズミじゃないみたいです」

僕がそう言うと、大家さんはほっと胸を撫でおろした。

(本当にネズミが嫌いなんだな。まあ、あれが好きってやつはいないだろうけど。もし僕らの家に出たら、美穂乃もきっと大騒ぎするだろうし。ていうか……)

別にそうする必要はないのに、大家さんは僕と一緒にしゃがみこんでいた。それどころか彼女は、娘のミアシェちゃんが彼女にそうするように、指先で僕の服の端を掴んでいる。

「あの、立てないんで離してもらえますか」

「ご、ごめんなさい！」

「いや、別に……」

大家さんは僕の裾から手を離すと同時に、真っ赤になってうつむいた。

「あの、勘違いしないでね？　そんなつもりじゃなかったの」

「そんなつもり？」

「あ……」

「そんなつもりっていうのは、どういうつもりなんですか？」

あまりにこの人が隙だらけな反応を見せるため、僕は彼女の前では装ってきた無害な店子《たなこ》を演じることをやめ、わざと答え辛《づら》い質問を投げかけた。美穂乃を調教する日々の中で、僕の中に隠れていた嗜虐的《サディスト》な側面が、自覚しているより大きくなっていたのかもしれない。

以前この人は、若い男女である僕と美穂乃たちが、一つ屋根の下に暮らしていることについて心配しているようなことを言っていた。その心配の中身はもちろん決まっている。そして僕は、実際にあの家で美穂乃との爛《ただ》れた肉体関係に溺れていた。

大家さんは、その場に立ち上がっていた僕に見下ろされるような形でうつむいている。僕の質問にはっきりと答えられず、もじもじとキョドる彼女を見つめながら、僕は確かに心地よさを感じていた。

しかしこんなのは、単なる暇つぶし程度の一時的なからかいに過ぎない。まさか本気で彼女を追い詰めるつもりは、このときの僕にはなかった。

「――きゃあっ!?」

そう、急に聞こえた物音に、大家さんが飛び上がるまでは。

静寂の中でゴトゴトッと鳴った音は、僕の耳にも確かに届いた。僕はルーンを使う用意をしながら、音がしたほうを注視した。

「な、なあに？　誰なの？」

「…………」

物音を鳴らしたのは物置の中にあった古いタンス――というより、その下の床の石畳だ。

「アキミツくん？」

「よっ……！」

僕は大家さんから離れタンスに近寄ると、そいつを両手で押してその場からずらした。

よくよく観察すれば、石畳に微妙な隙間というか切れ目がある。そこにはご丁寧に指がひっかかる場所もあった。これは隠し扉だ。

「大家さん、これは？」

「ううん、この物置にこんなものがあるなんて、主人も言ってなかったわ」

「開けてみてもいいですか？」

「……お願いできるかしら」

「わかりました。何かいるかもしれないし、念のため離れててください」

　大家さんはこくりと頷き僕から距離を取った。

　そして僕は、息を込めてその扉を持ち上げた。

「階段……？」

「地下室みたいですね」

　僕は大家さんをその場に残し、階段を降りてその先の様子を探った。

　その結果、この物置には地下があり、そこも一階と同じ程度の広さをもっていることがわかった。――ただしそこには特に貴重な品とかがあった訳ではなく、机や椅子やベッドが置かれた部屋になっていた。

「大家さん、地下があるって知らなかったって言ってましたけど、この部屋のことは？」

「ううん、やっぱり知らないわ」

　大家さんは不安を通り越した気味の悪そうな表情をしている。自分が住んでいた家にこんな隠し部屋があったのを知ったら、そうなるのも無理はないだろう。

「もしかして、私に内緒であの人が使っていたのかしら……」

「失礼ですけど、大家さんの旦那さんってどういう人ですか?」

「それが……あなたと同じで自由傭兵だったの」

それ以上は聞かなかった。しかし、これまで大家さんが僕のような得体の知れない人間に親切だった理由が、ようやく腑に落ちた。

(……でも、なんでわざわざ?)

この部屋を使っていたのが大家さんの旦那だとして、その目的はなんだろう。

案外、奥さんの目の届かない秘密基地が欲しかったなんて下らない理由かもしれないが、少しだけ気になる話だ。

「とにかく、大家さんが聞いた物音の原因はこの部屋だったのかもしれませんね」

僕はこの件を適当に打ち切るためにそう言った。風圧か何かの作用で、地下室への扉が音を立てていたのだろうと。いちおう大家さんもその説で納得したようだった。

地下から出ると大家さんは言った。

「ありがとうアキミツくん。本当に助かっちゃった」

「僕は何もしてませんよ」

それは決して謙遜ではない。結局僕が役に立つ場面はなかった。しかし大家さんはそう思っていないようだ。

「ううん、そんなことないわ。凄く頼りになったし、こういうときにアキミツくんみたいな男の子がいると、本当に心強いんだなあって思ったもの。だからミホノちゃんたちが羨ましいなって――……あ」

安心したせいか、彼女はぽろりとそう言った。

美穂乃と僕の仲を疑っているくせに「羨ましい」とは、失言以外の何物でもない。

僕はとぼけた調子で繰り返した。

「羨ましい？　いま羨ましいって言いませんでしたか」

「う、ううん」

「へえ……じゃあ僕の聞き違いですかね」

我ながら実にいやらしい性格をしている。

恐らくこの人は僕のことを男として意識している。ことさらに僕を年下扱いしようとするのが、逆にその証拠だ。

それと同じように、僕はいまこの人のことを「大家さん」ではなく女として見ていた。

さっき大家さんが物音にビビったとき、彼女の豊満な胸が僕の脚に当たった。一児の母にもかかわらず、彼女は本当に若く綺麗だ。彼女が持つおっとりとした母性は、美穂乃にも志穂乃にもリエラにもない。

「……アキミツくん？　ど、どうして黙ってるの？」

僕と同じ自由傭兵だったという旦那が出ていったのか死んだのか知らないが、「他人のモノ」

を奪い自分の色に染め上げる感覚を、既に僕は知っている。そしていったん意識すると、下劣な欲望がむらむらと湧き起こってきた。

しかしいくらこの世界でも、いきなり押し倒すのはリスクが高過ぎる。

だから僕はいったん探りを入れてみた。

「美穂乃のことが羨ましいなら、大家さんにも教えてあげましょうか」

「え、何をかしら……？」

大家さんはとぼけようとしたが、いつもの優しい笑顔が微妙に強張《こわば》っている。

これは押せばもしかしたら行けるんじゃないだろうか。

僕はハナから自分のことを正義の味方だなんて思っていない。美穂乃とリエラより成熟した人妻の身体を弄《もてあそ》んでみたいという欲望が湧いたなら、それに従って何が悪い。

「おかあさん、ただいま！　あれ、おかあさんどこ？　おかあさん？」

しかしちょうどそのタイミングで、外からミアシェちゃんの声が聞こえた。娘の声を聞きつけた大家さんは、ハッとした表情で物置の出口に顔を向けた。それで僕は、大家さんをどうこうする機会を失ったことを悟った。

「ああ、ミアシェちゃんが帰ってきたみたいですね。戻りましょうか」

僕は瞬時に愛想よく聞こえる声に切り替えそう言った。もしいままでの僕とのやり取りに不穏なものを感じたのだとしたら、それはあなたの勝手な勘違いなのだと、大家さんに全ての責任を押し付けて。

それにもしこれでこの人に警戒されたとしても、それならそれで構わない。むしろ人間関係の面倒が減ってちょうどいい。そう思って大家さんの前に立って物置の外に出た。

しかし、それにしてもだ。

（あの地下室、何もないように見えたけど……なんか引っ掛かるな）

だからと言って、何が引っ掛かるのかはわからない。僕はその違和感のことは、大家さんには伝えなかった。

「あの、ねえアキミツくん」

帰り際、僕は大家さんから意を決したように呼び止められた。

彼女はどうしてか頬を染め、うつむきがちにこう言った。

「約束通り、お礼はまた今度するから」

§

大家さんに会った日の翌日、僕に悪いニュースが届いた。それを斡旋所で耳にしたとき、僕はつい声を荒らげた。

「セラフィナは僕らとは会わない？　どういうことだよそれ」

「……アキミツさんからの謁見の申し込みに対して、城から正式に断りの通知が来ました」

リエラの声のトーンはやや落ちていた。彼女は「こちらです」と言って開封済みの手紙を差し出した。僕はなんとかそこに書かれた文字を読み取った。

「公務で忙しいだって？」

「それはこういう場合の定型文です。これを届けに来た城の従者は『セラフィナ様の体調が思わしくない』と言っていました」

「それ、本当なのか」

僕が以前セラフィナに会った印象は、「高位魔族らしくない」というものだ。

領主を務めるような家柄の魔族は一般的に高慢で、僕のような低い身分の人間に会うことはまずない。そのはずが、実際に謁見が叶ったセラフィナは、そういう噂に聞いていたのとは真逆の女の子だった。

威厳ある領主として振る舞おうとしているものの、どこか天然ボケしている。言葉の端々に領内に住む人々への思いやりを感じる。彼らのために何かしてやりたいと思っているのに、後見人を務めている叔父《おじ》さんに頭が上がらない。――そういうセラフィナに接して、僕は嘘くさいと思った。

あれがセラフィナの本性のはずがない。彼女は本当の性格を隠して思いやりのある領主を演じ、密かに何かをたくらんでいる。そうでなければおかしいと。

でもだからと言って、僕はそれを面と向かって指摘したりはしなかった。セラフィナが持つという調薬の技能《スキル》は志穂乃を治療するために必須だったし、向こうが演技して僕を利用しようとするなら、むしろそれに乗ったフリをして利用し返そうと思った。

しかしそれにしても、このタイミングでセラフィナが急に梯子《はしご》を外す理由――彼女にとってのメリットはなんだろうか。考えても特に思い浮かばない。強いて言えば僕や美穂乃を落胆させるためだが……。

「セラフィナが病気だっていうのは本当なのか」

「今のところ確認できていません」

リエラは今度こそ僕に嘘をついていないようだった。

不味《まず》いことになった。あとはセラフィナに素材を渡して薬を調合してもらえば終わりだと、とりあえず志穂乃を治すことはできると思っていただけに、余計そう感じる。しかしこの場でリエラを問い詰めてできることはなく、僕はいったん大人しく斡旋所を出た。

それから僕は街を歩きながら考えた。最後に会ったときのセラフィナの態度からしても、彼女が突然僕と会うことを拒否するとは思えない。――だとすれば、セラフィナ以外の誰かが、僕が彼女に会うことを妨げているのか。

僕の頭に、セラフィナの叔父であるラドリム・エイギーユの顔が浮かんだ。

「どうした人間、さっきから仏頂面で。なんか悩み事か？」

「え？」

「注文の剣なら、まだ完成してないぜ」

気付くと僕は、あの岩人《いわびと》が経営する鍛冶屋《かじ》の前に立っていた。平静に振る舞おうとした挙句、いつの間にかここに来ていたらしい。

「ああ、でも丁度いいや。お前に渡そうと思ってたもんがあるんだ」

あんな話を聞かされたくらいで、そんなことにも気付かないほど動揺するなんて。情けない。

「俺の爺《じい》さんの日記だ。つっても仕事の愚痴とかしか書いてねぇけど、たまに知らねぇ文字が出てくんだよ。もしかしたらって思ってな。おい、聞いてるか？　いらねえんなら、俺がこの本食っちまうぞ？　――ったく」

そのとき不意に、僕の周りだけが暗くなった。今日は晴れていたはずなのにと思って顔を上げると、見上げたところに岩人のゴツい顔があった。

「お前、名前は？」

「え……」

「俺はボゾってんだ。実はこっちじゃ同族が少なくてよ。あんまり俺に仕事を頼むやつもいねえんだが……お前はお得意様ってことになるな」

「…………」

「だからよ、お前の名前は？」

「秋光司……」

「アキミツツカサ？　どこで区切るんだ？　アキミツでいいのか？　――ほらよアキミツ」

僕はそのボゾと名乗った岩人に、両手で持たなければならないくらいの、やけに表紙が分厚い本を押し付けられた。

クラスメイトに裏切られ、召還された人間の国であんな目に遭った僕を、姿形がこうも異なる種族の彼が、どうしてこんなに気にかけるのか。その理由がわからず余計に混乱した。

鍛冶屋と別れた僕は、明るいうちに家に戻ろうとした。

リエラに聞かされた話を美穂乃に伝えたら、あいつは一体どういう反応をするだろう。やっぱり使えない男だと、僕のことを蔑《さげす》むのだろうか。見下されるのも馬鹿にされるのも慣れたはずなのに、そう考えるとなぜか足取りが重かった。

「……ん？」

家の玄関前まで来たところで、僕は変な物音を聞いた。誰かが何かをぶっ叩くような物音だ。変ではあったが、ずっと昔に聞いた覚えがあるような気もした。

家の裏手に回った僕は、猫の額くらいの庭に立つ、丸太に布を巻き付けた奇妙な物体を見た。

「はぁっ、はぁっ、はぁっ……」

物音を立てていた犯人は美穂乃だ。あの丸太の物体はあいつの自主鍛錬の道具だ。そういえばあいつは、カンフー映画に憧れて、自分ちの庭にも似たようなものを作っていた。

「――くっ！」

地面に汗を垂らしていた美穂乃が顔を上げた。そしてまた音が響き始めた。

僕はしばらくのあいだ、声をかけずにその様子を観察していた。

庭から玄関に引き返した僕は、家に入ると二階への階段を上がり、志穂乃の部屋の前に立った。ノックしても返事はなかった。

勝手にドアを開け部屋に入ると、志穂乃は眠っていた。

「……ふう」

僕は天井を仰いで息を吐いた。

そんな僕の耳に、どこからか声が届く。


――【契約】を守れ。

――その娘を死なせるな。


いまになって思えば、もう少しよく考えて【契約】を結ぶべきだった。

損をしているのは、絶対に僕のほうだ。

(2)

「……嘘でしょそんなの。冗談よね？」

　セラフィナに謁見を断られたことを話したら、案の定、美穂乃はショックを受けていた。はじめは何を言われたかわからないという表情で固まり、やがて言った。

「それじゃあ志穂乃の薬は？　誰に作ってもらえばいいの？　何回もモンスターと戦って、たくさん死にかけて、せっかく材料を集めてきたのに……。それなのにまた振り出し？」

　暗い顔でうつむいた美穂乃は、僕に聞き取れるか聞き取れないかの声でつぶやいた。

「私だって、これでも頑張ったのよ。志穂乃のために、恭弥たちと離れても頑張ってきたのに。なのにどうして？」

「…………」

「なんで私だけこんな目に……」

「お前、さっきから何ぶつくさ言ってるんだ？」

「え？」

「文句言ってる暇があったら、次の作戦を考えるぞ」

「つ、次って？」

「次は次に決まってるだろ」

　確かに計算外だったが、美穂乃と話したことで僕の思考はようやく固まった。

　結局、こいつみたいにくよくよしても仕方ない。

　セラフィナに会えないと薬を作ってもらえない。じゃあどうすれば再び会えるのかを考えればいい。あるいは別の手段で薬を手に入れたほうが早そうなら、セラフィナのことはきっぱり諦める。要はその二択だ。何も難しくない。

　僕がそう言ったら、美穂乃はぽかんと口を開けていた。

「その程度でいちいちうろたえるなよ。セラフィナに会えないって言われたら志穂乃が死んだりしたか？　違うだろ？　あいつは生きてる。じゃあまだ時間切れじゃない。うだうだ言うあいだに方法を考えたほうがマシだ。理解できたか？」

「……うん」

　いまの論法は自分でも無理があるだろうと思う。

　しかしそれで、美穂乃は涙と愚痴《ぐち》を引っ込めた。

　美穂乃を大人しくさせると、僕は改めて、じゃあどうするかを考えた。ああは言ったが、現実的にいまからセラフィナの代わりを探すなんてリスクがあり過ぎる。

（だとすると、やっぱりセラフィナに会う方法を考えたほうが早いか。どっちにしても、なんとかして城内の様子を知りたいな……）

色々思案した挙句、僕は言った。

「……こうなったら、リエラの知恵を借りよう」

「リエラさん？」

このあいだのこともあり、あいつに借りを作るのは気が進まなかったけれど、背に腹は代えられない。僕は美穂乃に向かって、「もう一度斡旋所に行ってくる」と言った。

§

「そういうことでしたら、ちょうど斡旋所のほうに城で働くメイドを探して欲しいという依頼が来ていたところです。こちらをミホノさんが受けてみては？　城内の情報を得るには有効な手段だと思います」

「メイド？　リエラさん、いまメイドって言いました？」

「はい」

「ひょっとしてそのメイドって、エッチなやつだったりしませんか？」

「……なぜそのような発想を？　募集されているのは普通の使用人です」

「そ、そうですよね。ごめんなさい、馬鹿なこと聞いちゃって」

片眼鏡《モノクル》の向こうの事務的な無表情を崩さないリエラの前で、美穂乃は続けてくださいと縮こまった。

　リエラは斡旋所のカウンターではなく、いつも僕と美穂乃が食卓にしているテーブルの向かい側に座っている。僕がこの街に来てから一番長い付き合いなのが彼女だが、この家に招くのは初めてだ。セラフィナに会う方法について相談を持ち掛けたところ、斡旋所でするのは憚《はばか》られる話題だということで、ここで相談しようとリエラが言った。

　リエラの表情は一見して全く動いていないようだが、よくよく気を付けてみると、この家のあちこちに探るような視線を向けている。

「前のメイドが辞めて人手が足りないらしく、至急という話です。泊まり込みで賃金は格安ですが、この際それは関係ないでしょう」

「あ、それでもお給料は出るんだ」

「明らかに自由傭兵向きの仕事ではないので、斡旋所に依頼が来たのは城側のミスだと思われます。いずれ差し戻すつもりだったのですが、アキミツさんたちが置かれている状況を考えると、利用できるのではないかと」

「確かに悪くないアイデアですね、リエラさん」

「ちょっ」

　僕がリエラに同意すると、美穂乃は頬を膨らませかけた。

　しかし、僕らが誰のために城への潜入手段を考えているのかくらい、さすがの美穂乃も理解しているようだった。

「……わかったわよ」

それでいい。こいつに不満を言う権利は一切ない。

それに、リエラが提示したアイデアが悪くないのも事実だ。美穂乃があの城で働くメイドになれば、内部でどんなことが起きているのか多少の情報は得られるだろう。

(――けど、いくらなんでもタイミングが良すぎる気がするな)

このあいだの美穂乃に対する言動もある。僕は、本当に城側のミスだったのかとリエラを疑った。しかしいつも通り、リエラの無表情からは真意が読み取りにくい。

とりあえずこのアイデアを採用することは決まった。次は美穂乃を城に潜入させるにあたって、考えられる問題を洗い出す作業だ。

「私、秋光くんと一回お城に行って、セラフィナ様とか家来の人たちにあいさつしたけど、それは大丈夫なの？　なんでお前メイドやってるんだとか聞かれたりして」

「セラフィナはともかく、他のやつらは自由傭兵なんかに興味ないよ。どうせ顔なんか覚えちゃいないに決まってるさ。なんか聞かれたら適当にごまかせばいい」

「はいはい、適当にね。ついでにお作法も適当でいいかしら」

「その点については私がお手伝いいたします。基本的なマナーはお教えできますので」

「……ふ～ん」

そこで美穂乃はリエラの様子をちらりとうかがった。

どうしてリエラがわざわざこの家までやってきて、これほど僕らの世話を焼いてくれるのか、その理由が改めて気になったのかもしれない。

「それからあともう一点、大事な条件があります。城からの募集条件が『身元のはっきりした魔族のメイド』でしたので、それは解決しておかなければなりません。身元の保証については、こちらで書類をいじればどうとでもなりますが……」

「魔族って、じゃあはじめから私じゃダメじゃない」

最後にちゃぶ台をひっくり返されて、美穂乃は渋い顔をした。

魔族と人間の区別は一発でつく。リエラに生えているような角と尻尾《しっぽ》が美穂乃にはない。

――しかしそれで無理なのだとすれば、リエラは最初からこんな提案をしないはずだ。

リエラが意味ありげに僕を見ている。

僕は丁寧な口調で頼んだ。

「どうすればいいんですか、リエラさん。教えてください」

「アキミツさんにお願いされてしまえば仕方ありませんね。ご安心を。単純ですが、非常に効果的な方法があります」

リエラがにっこりと微笑んだのは、きっと僕に当てつけているのだろうと思った。

「——で、方法ってこれ？」

リエラが用意してきたメイド服に着替えた美穂乃は、自分の格好を確かめるようにくるりと回って、「ふ～ん……まあ、これはこれで可愛《かわい》いかも？」と言いながら頭に生えた角を触った。

僕はそんな美穂乃の背後でリエラに囁《ささや》いた。

「付け角って……あんな変装で大丈夫なのか」

「ええ、あれで意外とバレませんよ。あなたも仰っていた通り、特に領主のような高位魔族は、下々の者に関心がありませんから」

「まるで試したことあるみたいな口ぶりだな。……試したことあるのか？」

「斡旋所には様々な依頼が来ますから」

リエラは平然とそう言った。

「まあそれを抜きにしても、何かの事情で角を折ってしまった魔族が、それを隠すためにああした道具を利用することがあります。尻尾については服でごまかせますが、角ではそうはいかないので」

「なるほどね。需要はあるって訳か」

メイド服はともかくとして、リエラがあの付け角をすぐに用意できたということは、そういう意味だ。

美穂乃はスカートをひらひらさせて、「コスプレみたい」とつぶやいている。

リエラは僕に尋ねてきた。

「シホノさんの容態は？」

「……まだ大丈夫だ」

「そうですか。私たちの身体は、前の世界にいたときよりずっと頑丈になっています。シホノさんもそう簡単に命を落としたりしませんよ」

慰めともつかないような台詞《せりふ》を口にしたリエラは、僕から離れて美穂乃に近寄り、城メイドとして相応《ふさわ》しい礼儀作法のレクチャーを始めた。

§

リエラとの関係について美穂乃が僕に尋ねてきたのは、その夜のことだった。

「ねえ秋光くん、一応聞いておきたいことがあるんだけど」

「なんだ？」

「前から気になってたんだけどさ、あなたとリエラさんってどういう関係なの？」

それは僕の寝室で服を脱ぎ、ベッドの上でセックスしようとしていた矢先のタイミングだった。というか美穂乃は、僕に胸を揉まれて乳首を吸われている最中にそんな質問を投げかけてきた。僕が見上げると、美穂乃はこの状況に似合わない大真面目《おおまじめ》な顔をしていた。

「一緒にいたら私にだってわかるもん。二人が何か特別な関係だって。……知ってる。私に説明する義務なんてないって言いたいんでしょ。だってそういう【契約】だもんね。けど、なんでもかんでも秘密ばっかりだと、さすがに気分悪いんだけど」

「何へソ曲げてるんだよ、お前」

「ヘソなんか曲げてないし」

言葉とは真逆のむくれ面《づら》で、美穂乃は僕から顔を逸らした。

「今日の昼もなんか二人で話してたでしょ。それだけじゃなくて、なんかあの人、秋光くんにはやけに親切だし。逆に私のことは怖い目で見てるときあるし……」

「親切……そうか？」

「とぼけないで。いったいどういう関係なのよ」

「へえ」

「……何？」

「お前もしかして、リエラに嫉妬してるのか？」

「……え？　んなっ、そんな訳――あっ♡　ちょっと、おっぱい触るのやめて。まだ真面目な話の最中でしょ!?　ねえってば秋光く――んぅ♡」

僕は美穂乃の疑問に取り合おうとはせず、愛撫を再開した。乳房を柔らかくマッサージしながら口に含んだ乳首を舌で転がしてやると、美穂乃は艶《つや》めいた声を漏らして身をよじった。

こいつの肉体の弱点は、いままでのセックスで概ね把握している。胸を愛撫しつつ股間に差し挟んだ右手でクリトリスを弄《いじ》ると、みるみる呼吸が湿っぽくなっていった。

「あっ、んっ♡　ぃやあっ♡」

「いやじゃないだろ、感じてるくせに。もう腰浮き上がりそうになってるぞ？」

そう指摘されて美穂乃は悔しそうだったが、快感に逆らうこともできない様子だった。熱く湿った膣内に中指を入れると、食い千切られるかと思うほど締まってくる。

「挿れるぞ、美穂乃」

「ね、ねえ秋光くん、せめてゆっくり……っ。ンっ、あう……っ♡」

勃起した肉棒で美穂乃の肉穴を拡張し、正常位で結合した。

肉棒がピンク色の肉ヒダの中にずぶずぶと呑み込まれていく。膣奥に向かって1ミリ侵入するごとに、美穂乃はぞわぞわと背中を震わせていた。

そして、亀頭が行き止まりにコツンと突き当たると、美穂乃の肩と腰がビクっと跳ねた。

「んおッ!?♡♡」

曲がりなりにも女子である美穂乃の不満をセックスでごまかそうだなんて、まるでどこかのヒモ男みたいな仕草だ。こっちに来るまで女の子と付き合ったことすらなかったくせに、我ながらたいした成長っぷりである。

「僕とリエラがどんな関係でも、お前が口出すことじゃない」

「あっ♡　あっ、あああっあっあっ♡」

　僕は腰を前後させながら、身勝手にもほどがある物言いをした。

【契約】の紋様が浮き出た美穂乃の下腹部に右手を置き、二人のあいだに通う魔力の繋がりを感じながらセックスした。

「お前は僕の命令を聞いて、僕への報酬をきっちり支払うことだけ考えてればいいんだよ」

　膣内の弱点を殴りつけるような僕の腰振りに、美穂乃はシーツを握りしめて悶えた。

「あう、ううう……っ♡　ああっ♡　イクっ、イっっ、グウうう！♡♡」

　肉棒に心地よい締め付けが来ると、僕は我慢せずにそのまま射精した。

　鈴口からびゅるっと噴き出た精液は、外で出したら、きっと放物線を描いてかなりの飛距離を記録しただろう。それくらい、勢いのある射精の手ごたえがした。

「ぐ……っ！」

　イキ締まる美穂乃の膣内で精液を迸《ほとばし》らせる射精快楽が強過ぎて、思わず歯を食いしばった。

「あ～、出る出る。精液ドクドク出てる」

「は……っ♡　はぁ♡　なんで抜かないのよ……。中出し、危ないのに」

「外に出して欲しかったら、ちゃんと事前に言えばいいだろ」

「ホントに自分勝手なんだから……。ああもう、まだお腹の中に出てるし。最悪……」

　その最悪なやつの精液が美穂乃の子宮を満たしていく。初めて僕に膣内への射精を許してしまって以来、美穂乃はこうやってなし崩し的に僕に中出しされることが多い。

僕も力強く脈動しビクつくチンポから、大量のザーメンが吐き出されているのを実感する。

「ていうか、都合が悪くなったらエッチでごまかすのやめてよね」

「何か言ったか？」

「……別に。なんでもないわ」

いまの美穂乃は僕の都合のいいオナホール扱いだ。こいつが何を言おうが、射精が終わるまでこのマンコから肉棒を引き抜くつもりはなかった。

それにこいつのほうも、男の精液を中に出されるという危険な快楽にのめり込みつつあるようだ。その証拠に、二人の結合部をぼんやりと眺めたまま逃げようともしない。僕は腰をぐりぐりと押し付けるようにして、残りの精液を美穂乃の子宮に流し込みながら言った。

「美穂乃、早いところ城に行ってもらわなきゃいけないから、明日もリエラに礼儀作法を教えてもらえよな」

「……うん、わかった」

ぐったりしてしまった美穂乃は、快楽の余韻が残る声で返事をした。僕とリエラの関係性についての疑問は、一度激しく絶頂したことでこいつの頭から飛んだようだ。

自分と同じ【契約】をリエラが僕と結んでいるだけじゃなく、あいつの正体が僕らと同じ異世界人だと知ったら、いったいこいつはどう反応するのだろう。若干の興味はある。

長い射精がようやく終わると、僕は美穂乃から肉棒を抜いた。

体液でぬらぬら光るペニスが、二人がセックスしたことを強調している。

「ねえ秋光くん。私がお城に行ってるあいだ、志穂乃のこと……」

「ああ、もちろんわかってるよ」

当然、こいつが何を心配しているかくらい、僕にはわかっている。

「お前が留守にしているあいだ、志穂乃は僕が守ってやるさ」

僕がそう言うと、美穂乃は下唇をぎゅっと噛んだ。

信頼している恭弥たちと離れ離れになり、こうやって僕に都合よく性欲処理に使われる日々の中で、こいつが最後の心の支えにしてきたのが妹の志穂乃だ。

志穂乃を救うため、僕に協力させることと引き換えに自分が身体を捧げていることを、こいつは志穂乃本人に秘密にしている。その自分が留守にしている期間、僕が志穂乃に何か吹き込むつもりなんじゃないかと、こいつは気が気じゃないのだろう。

全く酷い扱いだ。人を誘拐犯か何かだと思っているのだろうか。そもそも僕の家に勝手に転がり込んできたのはそっちじゃないか。

「ほら美穂乃、起きろよ。もう一回だ」

「………………」

「そんなにらむなよ。次は外に出すからさ」

「本当に？　……じゃあ、わかった。もう一回だけね」

いまみたいな言葉でほっとした表情を見せてしまうのは、冷静に考えなくてもおかしい。

美穂乃の大切なものを踏みにじった僕は、こいつにとって絶対に許してはいけない人間のはずなのに。最初にセックスしたときは「許さない」だの「殺してやる」だのと涙目でにらみつけてきたくせに、最近の美穂乃は妙に従順だった。

その変化の理由には心当たりがある。僕も身に染みているが、人間はどんな過酷な環境にも屈辱にも慣れる。

こいつにとって、僕に身体を許すことは当たり前になってしまったのだろう。

僕は美穂乃の片脚を抱え込み、いわゆる側位で突き始めた。

「ンっ、んっんっんっんっ♡♡　ンっ♡　こんなかっこ♡　エッチすぎだってばぁ♡」

「これよりエロい格好だって散々しただろ。つべこべ言わずマンコに力入れろって」

「なによそれっ、そんな乱暴な言い方って――あっうううッ♡♡」

美穂乃の脚線と揺れるたわわな胸を鑑賞しながら、陰核を刺激し小さな円を描くように腰をグラインドさせる。そもそも弱点の多い美穂乃の身体だが、こいつは特にこの動きに弱い。

「やっ♡♡　イっっっ♡♡　あっっっ♡♡　あっ、おっ♡♡」

僕らは心臓を跳ねさせながら、圧倒的な生の実感に浸っていた。

「ふっ♡♡　っぐ♡♡　んぅ〜〜〜っっ♡♡♡」

美穂乃は全身を弓なりにのけ反らせた。僕は、再び前後に突く動作に腰の動きを切り替え、美穂乃の中を内側から丹念にほぐしていった。すると美穂乃のつま先が丸まって足の裏に皺《しわ》が寄り、大きく開けた口から歓喜の悲鳴が漏れ、膣内の締め付けが一層キツくなった。

「あ……♡　あ……っ♡　やだ、すごいの、すごいのくる……っ。やだ、やだぁ……っ。あっ！♡　あっ！♡　やっ、あっ♡　あああっ!!♡♡」

美穂乃は絶頂した。

この世界で一緒に暮らすようになってから、これが何度目のセックスかなんて覚えてない。ただ、僕らの身体の相性はますます良くなりとどまるところを知らない。肉と肉を交わらせる快楽はとても麻薬的で、心に抱くこの先への不安を紛らわせてくれる。

「ふっ♡　ぐっ♡　ぅううっっ♡♡　おっ♡♡　おっ♡♡　～～～～っっ♡♡」

「安心しろよ。お前たちには僕がついてる。だから、もっともっと気持ち良くなれよ。美穂乃が気持ち良くなったって、誰も責めたりしないさ。恭弥だって、いまごろ美穂乃以外の女とよろしくやってるに決まってるだろ？」

一番無防備になっているタイミングで、僕はその考えを美穂乃の耳に吹き込んだ。美穂乃はパクパクと口を動かし、かすかに否定の言葉をつぶやいていたようだが、それはこのセックスの快感と比べればなんの説得力もない。

「ぐっ！　イクぞ美穂乃！」

僕は射精する間際、なんとか美穂乃の膣から肉棒を引き抜いた。

びゅるびゅると音を立てて射出される精液が、膣の入口周辺に降りかかった。

「はぁ、はぁ、はぁ～……」

「あっ♡　ひはっ、はっ、はっ、はっ♡」

「ふう……気持ち良かった。なあ美穂乃、お前、志穂乃のこととか関係なく、すっかりセックスにハマってるよな」

絶頂のさなかにある美穂乃が意識を散らしているのをいいことに、僕は口に出してそう言った。そして口を開けたままの美穂乃の顔の輪郭を撫でた。

（3）

「それで？　セラフィナの傍《そば》には近付けたのか？」

「ううん、まだ。私は台所のお仕事ばっかりで、セラフィナ様は自分の部屋にいるから。でもセラフィナ様の様子は、他のメイドさんたちから少し聞けたわ」

領主の城に美穂乃を潜入させてから数日が経過した。僕は城の内部の様子を知るために、城の傍の目立たない場所でこうやって美穂乃と密会している。

ちなみに、目立たない場所というのは家畜小屋だ。いや、厩舎《きゅうしゃ》と呼んだほうが正しいのか。

いずれにせよ異世界の獣とその餌の匂いが漂う小屋の裏で、僕と美穂乃は話をしていた。

「あのお姫様が体調不良って話、本当なのか？　……その表情だと違うみたいだな」

「ええ、全然」

今日のこいつが眉間に皺を寄せて不機嫌なのは、あれこれと命じる僕に対する不満からだろうと思ったのだが、そこから美穂乃が語り出した話によると、どうやら違ったようだ。

「——ラドリムに謹慎させられてる？」

「そうなのよ。あの叔父さんの言いつけに逆らったから、お仕置きに部屋から一歩も出ちゃダメだって命令されてるんだって。酷《ひど》くない？」

セラフィナに謁見できなくなったのは、思ったよりも下らない理由だった。

セラフィナの叔父さんというのは、あのラドリム・エイギーユのことだ。先代領主だったセラフィナの父親の弟で、僕と美穂乃は会ったことがある。ラドリムの印象を一言で言うと、美穂乃が嫌いな「偉そうな男」だ。

僕はラドリムの高位魔族らしい高慢な表情を思い出していた。

実の叔父で後見人だとはいえ、領主のセラフィナがラドリムに謹慎させられるとは、立場があべこべだ。

メイド姿で腹を立てていた美穂乃は、にわかに不安な表情になると言った。

「どうしよう秋光くん。このままじゃセラフィナ様に志穂乃の薬を作ってもらえないわ」

「ふうん」

「……何よその反応。私だってわかってるわよ。セラフィナ様の都合とか考えないで、自分勝手なこと言ってるって。けど、いまは志穂乃を治すのが最優先だから」

美穂乃は拳を握りしめてつぶやいた。

別に構わないさ、と僕は言った。

「セラフィナがどうなろうと知ったこっちゃない。僕もお前も自分の目的が一番だ。それで当然だよ」

「………………」

「ていうか、ラドリムがセラフィナを閉じ込めた詳しい理由ってなんなんだ？　何かきっかけがあったんだよな？」

「そこまでは……。けど私以外のメイドさんたちは、セラフィナ様はまだ若いからって言ってた。まだ領主を継いだばっかりで、何もわかってないんだみたいな。セラフィナ様って、あんまり周りの人に好かれてないのかしら。……前に会ったときは、悪い子には見えなかったけど」

「それはお前が志穂乃を治療してもらいたいからそう思うんだろ？　それに――」

「それに？」

「いや」

僕は言葉を濁したが、お前の人物評なんてあてにならないと言いたかった。もしそれがあてになるなら、こいつはこういう状況には陥っていないはずだ。

「でも、確かにここからどうするかな。あのお姫様に接触できなきゃ薬を作ってもらいようがないのは事実だけど……」

「私がなんとかやってみる」

「ん？」

「セラフィナ様のお世話は私みたいな新人の担当じゃないけど、なんとかやってみるわ。だからそっちは任せて。そのあいだ、秋光くんも別の方法を考えてくれるのよね？」

「……ああ、まあね」

「もしかしたら役に立つかもと思って、何人か兵隊さんとも仲良くなったの。お仕事の合間に差し入れとかしてね。凄いでしょ？」

「………………」

美穂乃はやけに張り切っていた。最近は僕からフォローするような言葉が多かったから、こいつは何か勘違いをしている。僕にとっては都合がいいが、そうやって他人に勝手な幻想を抱くのは、そろそろやめたほうがいい。

その証拠に、僕はそこで美穂乃と別れてから、志穂乃を救うという目的とは全く無関係なことをしていたのだ。

§

「アキミツさん、そろそろ……っ」

「ああリエラ、僕もそろそろイキそうだ」

パンパンと湿った卑猥な音が響く部屋で、一組の男女がセックスしている。

男のほうはもちろん僕だ。相手の魔族は斡旋所の受付、リエラである。

「はい、そのままナカで……っ、あああっ♡」

「ぐうっ!!」

リエラと膝立ちバックで繋がっていた僕は、彼女の着やせするヒップに腰を打ち付けると、下半身に溜め込んだ欲望をペニスから放出させた。

イキ震えるリエラの肩や背中を眺めながら、ドクドクと爽快に射精する。

美穂乃をメイドとして城に潜入させてから今日でまだ四日しか経っていないが、僕はその四日のあいだに三回もこいつの部屋に入り浸ってセックスしている。

我ながらいい気なものだ。

「ふふ、手近な性処理相手がいなくなったせいか、アキミツさんの精液、凄い勢いですね」

自分の下腹部を撫でさすりながら、リエラはどこか上機嫌だ。直に触れ会う彼女の粘膜は僕の肉棒を絞るように締め付ける。

今日何度目かになる中出しが済むと、僕らはようやく身体を離した。僕はリエラの膣内からペニスを引き抜き、水分補給のためベッドから下りようとした。

ところが――。

「……おい、人の腰に尻尾を巻き付けるなよ。動けないだろ」

「射精しただけで勝手に終わりにしないでください。男と女が愛し合った後には、口づけくらいするものでしょう?」

「愛し合う? お前にしては珍しい冗談――んンっ」

リエラのほうから唇を押し付けてきて、僕の皮肉は中断させられた。

数分かけてねっとり舌を絡め合い、離れると、混ざり合った二人の唾液が糸を引いた。

「……なんなんだよ、いったい」

「お二人のあいだの雰囲気を見ればわかります。どうせミホノさんは、ここまでは許してくれないのでしょう?」

「…………」

「そのミホノさんですが、お城で頑張って働いているそうですね」

「なんでいまあいつの話題なんだ?」

「だってあなたは、セラフィナ様の近辺の様子について、私からまだ何か有益な情報が引き出せないかと考えているのでしょう？　あの子の助けになるために」

リエラは性交で乱れた髪を撫でつけながら、涼しい顔でそう言った。

僕とリエラはあくまでもギブアンドテイクの関係だ。リエラにはリエラの思惑があり、いつでも僕に貸しを作ろうと考えている。甘い空気はあくまで演出だ。

「さぞかし不安なのでは？　メイド姿の彼女の笑顔に惹かれて、自分以外の余計な虫が寄ってくるのではないかと……――あっ♡」

僕はリエラを後ろから押し倒し、寝バックで挿入した。腕立て伏せするような姿勢で深く突き刺した肉棒の先端を、リエラの奥に執拗に押し付けた。

「んっ♡　アっ♡　イクぅっ♡　～～っっ!?♡♡」

元の世界基準なら、リエラは確実に「絶世の」という形容詞がつく美女だ。極上のプロポーションもハリウッドのトップスターに勝るとも劣らない。そんな美女が、僕の下で長い脚をピンと伸ばしてのたうっている。

絶頂している最中は、さすがにこいつも余計なことを喋れなかった。

「ぐうっ!!」

「あっ♡♡　また出て……っ♡　アキミツさんの重くて、熱い精液……。やっぱり、あの子だけであなたを満足させられる訳が――あっ!?♡　あっ♡　あッ♡　ああっ♡♡　あああっ♡♡」

僕はそのままリエラが完全に黙るまで、抜かずに何発も中出しした。全身汗だくになったころ、ようやくマンコから肉棒を引き抜いた。僕にイキ狂うほどイカされたリエラは、ベッドにへばりつくように四肢を投げ出していた。

「セラフィナ・エイギーユの叔父であるラドリム・エイギーユは、兄の死に際し、自分を差し置いて実の姪《めい》が領主を継いだことを快く思っていません。本当ならば自分が……そういう感情があるのでしょう」

それなのに、リエラはまだ喋ろうとする。

ベッド際に腰かけた僕の背後から、リエラの声がうわごとのように聞こえた。

「これは他の都市の斡旋所から手に入れた情報ですが、ラドリムがエイギーユ領周辺の高位魔族と書簡をやり取りしている形跡があります」

「…………」

「ええ、あなたの想像通りです」

セラフィナが、叔父さんのお仕置きで一時的に閉じ込められているというのは楽観的な見方だ。志穂乃の余命以前に、ぼやぼや時間をかけていたら、最悪二度とセラフィナに会えなくなるかもしれない。その可能性は十二分にある。

身体を起こしたリエラが、僕に縋り付いて背後から囁いた。

「地位と権力を巡る争いに、肉親の情は関係ありません。セラフィナ様が軟禁されたと聞いて、アキミツさんは時間がないと思ったのでしょう？　急がなければ、シホノさんを救う手立てが失われてしまうかもしれないと。だからミホノさんが多少の危険に晒《さら》されることになっても、彼女を城にメイドとして送り込む私の提案に同意した」

「……ああ、そうだよ」

リエラの言葉を、僕は悪びれずに肯定した。

「このルーンの力は知ってるだろ。志穂乃を助けるために手を尽くすのは僕の義務だ」

「幼馴染《おさななじみ》が心配だから、ではなく？」

「馬鹿馬鹿しいよ」

僕は思わず失笑した。今日まで美穂乃のことをこき使い、レイプまがいに犯しまくっておいて、心配もクソもない。

これはリエラの斡旋所で依頼を受けるのと同じ、ただの仕事だと言った。

「それにしても、志穂乃の薬を作ってもらうついでにあのお姫様に取り入ることができるかと思ってたけど、やめておいたほうが利口っぽいな。上手《うま》いこと薬だけ作らせて、後は適当に距離を取ろう」

セラフィナからの依頼をこなしたとき、僕はラドリム・エイギーユに呼び出されたことがある。あのときラドリムは、「自分につくほうが得だ」と言っていた。この世界での後ろ盾を得ようと考えるなら、そちらを選ぶべきなのかもしれない。

いずれにせよ、僕は賢く生きると決めたんだ。

「……そうですか」

「ああそうさ。けどそれの何が悪いんだ？　僕を利用しようとしてるのはリエラだって同じじゃないか。僕らが同類だっていうのはそういうことだろ」

「……私は、あなたが私との【契約】を忘れないのであれば、それで構いません」


僕はリエラの部屋を出たあと、家に帰る途中で見かけた食堂に寄った。

家事担当の美穂乃は泊まり込みで城に行っている。この世界に来てから自分でも最低限の料理はできるようになったけど、わざわざ一人分を作るのは面倒だった。

中年の男魔族が厨房に立ち、その娘らしい若い魔族がウェイトレスをやっている食堂では、少人数の常連客がくだを巻き、賑やかな声が通りまで響いていた。

その店が、人間である僕が入ってきただけで妙な空気になった。

「いらっしゃ――……い」

「一人なんですけど」

「……あ、はい。奥の席にどうぞ」

ウェイトレスの娘を含め店内にいる全員の視線が、魔族であれば角が生えているべき僕の頭をちらちらと彷徨《さまよ》う。僕がカウンターの横を通り過ぎるとき、厨房の店主も僕のことをじろりと見てきた。――でも正直、どこもこんなもんだ。むしろ問答無用で追い出さないだけ、この店の対応は温かい。異種族だから冷ややかな対応を取られたとも思わない。

人間の国では、お金は持っていたのに食い逃げ目当てだと決めつけられ、ボコボコの袋叩きにされたことがある。倉庫の荷物運びの重労働を手伝ったのに報酬をもらえなかったこともある。親切に声をかけてくれた浮浪者のオッサンに、寝ているあいだに有り金を持ち逃げされたこともある。

思い返せば他にも色々なことがあった。

他人を信用してはならない。助けを呼んだところで誰も来ない。秋光司はこの世界で一人きりなんだと、要領の悪い間抜けな僕にもわかるように、この世界は何度も何度も何度も何度も丁寧に教えてくれた。

そんなことを考えながら我が家に戻ったが、美穂乃がいない家の中は、やけに静かに感じる。

――あれだけ邪魔臭いと思っていたのに不思議なものだ。

僕は二階に上がると志穂乃の部屋の扉をノックした。

だが返事はない。どうやら志穂乃は寝ているらしい。

僕はそのまま扉を開けた。

「ん……」

部屋に入ってきた僕の気配に反応したのだろう。か弱い声が聞こえたが、それは志穂乃の寝言だった。僕は志穂乃を起こさないように静かにそっと扉を閉めると、ベッドの隣まで行った。

元の世界にいたころから、志穂乃はもともと身体が丈夫なほうじゃなかった。

双子の姉とは対照的にインドア派で、いつも図書館で本を読んでいるタイプだった。

一昔前の映画とかのイメージで、白いカーテンがなびくサナトリウムとかにいたらサマになりそうな、薄幸の黒髪美少女ってやつだ。この世界に来てから長期間の病に苦しみ、ロクに栄養を摂れていない今は余計にそう見える。

志穂乃の寝顔は以前と比べるとむしろ穏やかだった。別に汗もかいていない。――それなのに、額に手を置いてみると火傷《やけど》しそうなほどに熱い。

これは美穂乃がメイドとして城に行ってからの急変だ。

タイムリミットは近いのかもしれない。二人きりの室内で、志穂乃の顔を見下ろしながら、僕は思った。

この世界の死は、僕らの世界の死と同じだ。色々と便利な魔法があるくせに、生き物を蘇らせる魔法だけはないと聞いている。死んだら魂が天国や地獄に行くと信じているところも僕らの世界と同じだ。

（……そんなこと誰が決めた？　実際に死んでみたやつがそう言ったのか？　死後の世界が本当にあるなんて限らないだろ）

違う世界から来た僕には、もう一つ頭の奥にこびりついている発想がある。

それはここで死んだら、何事もなかったかのように元の世界に戻れるのかもしれないということだ。——つまり、いま僕がとどめを刺してやるほうが、いっそ志穂乃にとっては慈悲なのかもしれなかった。

しばらくそんなことを考えていると、志穂乃がもう一度寝言を言った。

志穂乃は無意識に、かつて仲の良い幼馴染だった僕を呼ぶ。

——なんてことは、もちろんなかった。


「恭弥くん……」


ああ、またあいつか。

僕の中の感情が急速に冷めていく。

なんだかんだ美穂乃も志穂乃も、戻れるならあいつのところに戻りたいと思っているのだ。

それこそがゆるぎない真実だと再確認し、むしろ笑えた。少し裏切られたと感じている自分自身が滑稽だった。

僕という人間は、そもそも昔から、この姉妹に限らず誰にとってもこういう扱いだったじゃないか。

「う……」

「志穂乃、起きたのか。……大丈夫か？　辛《つら》くないか？」

志穂乃が目を開けたとき、僕は自然と笑顔を取り繕っていた。微笑みつつも、いかにも心配してますって声色で調子を尋ねた。

志穂乃はあと少しで消えてしまいそうなか細い声を出した。

「司ちゃん……。うん、大丈夫」

さっきの寝言を聞いたあとだと、その司ちゃんという呼び名も空々しく感じる。

「強がるなよ。めちゃくちゃ熱があるくせに」

「でも本当に苦しくないの」

「そうか。ならいいんだけどさ」

「……お姉ちゃんは？」

そのとき志穂乃は、本当は美穂乃じゃなくて別のやつの居場所を尋ねたかったに違いない。でもさすがに、あいつがここにいないことは知っていたから、お姉ちゃんはと聞いたのだ。

「まだ夢見てんのか？　恭弥のやつならいる訳ないだろ。お前も美穂乃もあいつに見捨てられたんだ」

――そう言ってやりたい気分だったが、この志穂乃を絶望に突き落とすのはいつでもできる。

「美穂乃ならまだ出かけてる」

「そう……なんだ」

志穂乃の顔に不安の影がよぎった。

僕はいまみたいにごまかして、美穂乃がここ数日姿を見せない理由を志穂乃には説明していない。美穂乃も妹への負担を考えて細かくは話さなかったようだ。姉が自分のために変装して魔族の城に働きに行っていると知ったら、こいつはいったいどんな顔をするだろう。

しかし誰かの介助がなければベッドから動くこともままならない志穂乃には、外で何が起こっているかなど知る由もなかった。

この家に二人きりという状況で、志穂乃が頼れるのは僕だけだった。

「新しい水とか、枕元に置いてあるからな」

「うん、わかった。……ありがとう司ちゃん」

「なんだよ、水臭いぞ」

僕はわざとらしく肩をすくめた。こういうのは、まさに恭弥のやつがやりそうな仕草だ。

志穂乃はちくりと胸が痛んだような顔をした。

「ねえ司ちゃん……」

「なんだ？　なんか欲しいものがあったら持ってきてやるぞ」

「ううん、違うの……あのね……」

いまの志穂乃には、まともに会話する体力は残されていない。言葉を重ねるたびに呼吸が荒くなり、志穂乃は苦しそうに喘いだ。

「あのね……私、司ちゃんに言わなきゃいけないことが……」

「無理するなよ、志穂乃。僕のことなんか気にするなって。しばらく一階にいるから、何かあったら遠慮なく呼べよ？」

僕は志穂乃の言葉を遮った。

感謝であれ謝罪であれ、それを聞かされたところで僕には一文の得もない。

僕にとってこいつは他人だ。こいつの苦しみに同情する必要などない。

リエラに言った通り、これは単なる仕事だった。

しかしだからこそ、いったん引き受けた仕事は最後まで全うするつもりだ。

（4）

（そろそろ明るくなるわね……。起きて支度しなきゃ）

メイドの朝は早い。明け方に目覚めた美穂乃は、ここが誰かに寝言を聞かれる心配のない一人部屋で良かったと思った。人手不足のせいか、この部屋の二段ベッドを使っているのは美穂乃だけである。

いましがたまで夢の中で、彼女は男に激しく犯されていたのだ。

その男に逞《たくま》しい腰使いで後ろから突かれながら、汗が浮かぶ肢体を淫靡《いんび》にくねらせる。絶頂の波が何度も何度もやってきて、凄まじい官能に溺れる。夢の中の美穂乃は「彼」とのセックスに文字通り夢中になっていた。

そこで美穂乃を犯していた少年は、彼女の恋人である柊恭弥ではなかった。

(あんな夢、なんで見ちゃったのよ)

夢の自分を責めたところでどうしようもないのだが、罪悪感は隠せない。二段ベッドの上段で手早く寝間着を脱ぎながら、美穂乃の頬は朱色に染まっていた。心なしか心臓の鼓動も速まっている気がする。

(どう考えてもこれのせいよね……。秋光くんが私にこんなもの刻んだから)

美穂乃は自分の下腹部に浮かび上がる紋様を見下ろした。美穂乃の体調によって濃くも淡くもなるそれは、決して単なるボディペイントの類ではない。魔力によって刻まれた秋光司との【契約】の証だった。

美穂乃は着替えの手を途中で止めて、その紋様を恐る恐る撫でてみた。最近はこれに触れるだけでも、身体中を電流に似た快感が走る気がするのだ。

この【契約】のルーンは美穂乃の体内の魔力に楔《くさび》を打ち、彼女の肉体と意志に影響を与えている。司から詳しい説明は受けておらずとも、美穂乃自身、そのことはなんとなく自覚していた。

そんなことを考えていると、美穂乃の頭の中で、あのギヴァの渓谷で巨大な竜から逃れるために一緒にダムから飛び降りたときの司の顔が思い出された。

恋人の恭弥と比べると、あまりにも頼りなく情けない幼馴染。この世界に来るまではそれだけの認識だったのに、美穂乃を犯すときの司は紛れもない「オス」で、セックスするといつも一方的に弄ばれてしまう。司は連続で何回も射精し、ヘトヘトになった美穂乃がもう許してと懇願しても、なかなか終わってくれない。――そのときのイメージと、ここまで何度も危機に陥ったとき美穂乃を叱り飛ばしてきた司のイメージが重なった。

そしてそれを振り払うように、美穂乃は勢い良く頭を振った。

「最悪だわ……」

美穂乃がそうつぶやいたのは、自分が妙な考えを起こさないように、あえてのことだった。

当然のことだが、この城にメイドとして潜入して以来、美穂乃は司に抱かれていない。数日おきに厩舎で連絡を取ることはあっても、そこで二人が身体を触れ合わせるようなことはなかった。

欲求不満。現在の美穂乃の状態を一言で表すならそれなのだろうが、それは恭弥云々を差し引いても、負けず嫌いの彼女にとっては、耐え難いほど認めたくない事実だった。

「そんなことより、早く着替えて台所に行かなくちゃ」

好きなことと言えばもっぱら格闘技関連で、いわゆるオタク趣味のなかった美穂乃でも、メイドカフェくらいは知っている。いま彼女が袖を通しているのは、そういう店のペラペラなメイド服のイメージから離れた制服だった。

（デザインは独特だけど、これって凄く本格的な生地を使ってるのよね。……まあ、ホンモノなんだしそれは当然か）

美穂乃は就寝中に乱れた髪を結い上げ、頭に簡素なヘッドドレスを着けた。そして胸に手を当てて深呼吸しながら自分がここにいる意味を再確認した。

（今日こそ、セラフィナ様に話しかけなくちゃ）

美穂乃がこの城で働き始めてからも、時間はあっという間に過ぎていく。どうにか仕事には慣れることができた。隙を見て、この城の主《あるじ》であるセラフィナ・エイギーユに接触しなければならない。

悩みは多くとも、いまの美穂乃はやる気だった。

病気の志穂乃を背負ったまま、どこに行っていいかもわからなかったときとは違う。

目標が見えている。

「あっぶない。また忘れるとこだった」

美穂乃は慌てて部屋を出ようとし、さらに慌てた勢いで引き返してきた。

彼女が手に取ったのは、棚の上に置いていた付け角だ。

（こんなのでホントにごまかせるのって思ったけど、意外とごまかせちゃうもんなのよね。異世界の人も意外と単純っていうか……――可愛《かわい》くなってるかな?）

リエラが言った通り、頭から角さえ生えていれば、同僚のメイドたちが美穂乃のことをよそ者の人間だと疑うことはなかった。頭の上に角を乗せ、髪で装着面を上手く隠し、魔族のメイド少女に変装した美穂乃は、その場で軽く回転してスカートをひらめかせると、今度こそ使用人宿舎を出た。

この城で美穂乃が配置されたのは、この城の主と働いている者全ての食事を賄《まかな》う厨房である。美穂乃はそこで早朝から労働に励んでいた。

「ねえミアシェ。そういう目の色こっちじゃあんまり見ないけど、あんたどこ出身なのさ。少なくともエイギーユ領じゃないよね？」

「……えっ、いま私に話しかけましたか？」

「当たり前さ。ミアシェはあんたでしょ？」

ちなみに名前は司の大家の娘のものを拝借した。

せっかく特訓した礼儀作法を問われるような場面は、いまのところ皆無だった。文字の読み書きができなくても問題なく働けている。それどころか家事の基本ができていて、力仕事を厭《いと》わずマメに働く美穂乃は、この慢性人手不足の職場でさっそく重宝されていた。

今日もそうして大量の芋をすりつぶしていた美穂乃は、ナイフで野菜の皮をむいていた先輩メイドに話しかけられた。

こういうときある程度の質問には答えられるように、リエラが用意した仮のプロフィールは頭に叩き込んであった。

「ええっと、実はそうなんです。出身はヴェロンドの東のほうです」

「……東？　ヴェロンドよりも？　ホントかい？」

「はい。それで最近、妹と一緒にここに引っ越してきて」

「……そっか。そりゃ若いのに苦労したんだろうねぇ」

「は、はい。まあそれなりに」

肌の浅黒い気《き》っ風《ぷ》の良さそうな先輩メイドは、いたく美穂乃に同情した顔を見せると、「これでも食べな」と言ってリンゴのような瑞々しい果実を一つ、彼女のほうに投げてよこした。

「あ、ありがとうございます？」

「いいってことさ。それより、何があってもくじけるんじゃないよ」

こんなふうにこの城のメイドたちは、新入りである美穂乃に対して陰湿なイジメを行ってくるということもなく概ね親切であった。――というより、美穂乃がこの街に来てから出会った人々は基本的に親切だった。

美穂乃があの国にいたときに魔族について聞かされた話と、実際にこちらの地域を訪れて目にしたこととでは、印象がだいぶ違う。

なのに、どうしてと美穂乃は思った。

だったら、どうして彼はあんなふうに変わってしまったのだろう。

この世界は、現代日本よりもずっと厳しい。決して呑気なファンタジー気分で生きていけるようなところではない。それは嫌と言うほどわかった。一人だった彼が、美穂乃よりずっと辛い目に遭ったのだろうということも、なんとなく想像できていた。——でも、ならば、彼があなった最初のきっかけはなんだったのだろう。

手の中の果実をぼんやり眺めていた美穂乃の耳に、厨房に入ってきた兵士の声が届いた。

「おい誰か、セラフィナ様のところに水を届けてくれないか」

「えっ？」

「ああ困ったね。ちょっといま出払ってて、手が離せるメイドがいないんだけど……」

「私が行きます！」

セラフィナの名を聞いて、美穂乃は慌てて手を上げていた。

ようやくめぐって来たチャンスだ。これを逃す訳にはいかない。

案の定、先輩メイドは難色を示した。

「いや、いくらなんでも新入りのあんたじゃ。偉い人相手に粗相したらどうすんのさ」

「大丈夫ですから行かせてください！　失礼がないように頑張りますから！」

「そう言われたって……ラドリム様からの言いつけもあるしね」

「とにかく俺は伝えたからな。早くしてくれよ」

兵士が去ったあとも、美穂乃はやや強引に主張して先輩メイドを折れさせた。そして彼女はセラフィナの部屋へ水差しを持っていく権利を勝ち取ったのだった。

(よしっ、これでようやくセラフィナ様に会えるわ!)

美穂乃はかつてなく張り切った。

領主とその家族の居住空間は城の奥にある。セラフィナがラドリムに謹慎を命じられている部屋もきっとそこだ。これまで美穂乃は立ち入ることができなかったが、これで大義名分を得た。

(今度こそ役に立てる……! 秋光くんに頼りっぱなしじゃなくて、私の力だけで——)

自然と拳に力が入る。

美穂乃の目的はあくまでも妹の病気を治療することだが、ギヴァの渓谷ではやる気が空回りしたぶん、取り戻さなければという意識があった。

先輩メイドから道を聞いた美穂乃は、水差しを抱えて城の奥に向かった。


「なんだお前、この奥に行くつもりか?」

「はい、セラフィナ様のお部屋にお水を持っていくように言われました」

「ふ〜ん、見ない顔だけど新入りかな」

「つい先日雇われたミアシェです。よろしくお願いします」

美穂乃が城の奥に進もうとすると、通路を守っていた二人組の警備兵とのあいだでそういうやり取りが発生した。

美穂乃は極力お淑やかな笑みを浮かべ、兵の質問に答えた。だが二人組のうち真面目そうな若い兵は、「通す訳にはいかないな」と首を振った。

「なんでですか」

「この奥には決まった者以外は出入りできない。特にセラフィナ様の部屋にはな。ラドリム様にそう言われているのを知らないのか」

「それは……でも私も指示されただけなので。仕事ができないと困ります」

その兵は真面目そうだが、裏を返せば融通が利かない性格のようだった。もう一人の兵は軽い調子で「水を運ばせるくらい構わないじゃないか。可哀想《かわいそう》だし通してやろうぜ」と言ったが、彼は頑として譲らなかった。

「駄目なものは駄目だ」

職務に忠実なのは良いことだ。兵としては彼の態度のほうが適切だろう。しかしいまの美穂乃にとっては、彼は目的を妨げる障害だった。

（どうしようかしら。……こんなとき秋光くんだったらどうするかしら）

そうやって思い浮かべた司の顔が、いつか逃亡した傭兵を依頼で殺したときの彼の顔と重なった。

あのとき司がしたように、実力行使こそ最も手っ取り早い手段である。そしてそれは、美穂乃と目の前の兵たちの実力差を考えれば難しくない。――一瞬でもそういう選択肢が浮かんだ自分の思考に美穂乃はおののいた。

「っ……！」

「いきなりどうした、顔なんか振って。駄々をこねても駄目なものは駄目だからな」

「じゃあ、あなたはセラフィナ様の喉が渇いてもいいっていうんですか？」

「いや、別にそういう意味じゃなくてな」

「おかしいですよね？　このお城で一番偉いのはセラフィナ様なんでしょ？　だったらセラフィナ様の希望が最優先されるはずじゃないですか」

美穂乃は勢いと屁理屈でなんとかすることにした。

兵の顔に迷いの色が浮かぶ。

この城の主は美穂乃が会いたがっているセラフィナだが、実質的な最高権力者は、彼女の叔父であるラドリム・エイギーユだ。ラドリムの命令でセラフィナの部屋への行き来を制限することが正しいのかどうか、彼も矛盾は感じていたらしい。

「……いや、それでも駄目だ。お前みたいな怪しいやつを通してたら警備の意味がない」

「私のどこが怪しいっていうんですか!?」

自分の怪しさを棚に上げて美穂乃は憤慨した。

そのまま兵と言い争っているうちに、また実力行使という選択肢が頭に浮かぶ。――と言っても殺そうと思ったりはしない。当て身とチョークスリーパーで意識を落とすくらいなら許されるかもと考えたのだ。

だが、ちょうどそのタイミングで――。

「何を騒々しくしているのだ」

ラドリム・エイギーユがその場を通りかかった。

§

「入れ」

「……失礼いたします」

「そう緊張するな。楽にするといい」

そう言われてもと美穂乃は思った。セラフィナに会う前に、まさか自分がラドリムの私室に入ることになるとは、彼女は想像すらしていなかった。

ラドリムに招かれたことで、出入りが制限されている城の奥に進むことができた点は前進しているのかもしれない。しかしどう考えてもこの状況は不穏だ。

「ミアシェと言ったか？　そんなところで固まっていないで、こちらに来い」

やはりそうだ。

ラドリムの視線は美穂乃のメイド服の下の身体を品定めしている。

この世界に来てからに限らず、通学時の満員電車の中でなど、美穂乃は男のこういう視線には慣れていた。仮に元の世界であれば、美穂乃はそういう男を自分で捕まえて警察に突き出すくらいの気丈さを持っていた。

「聞こえなかったのか？　こちらに来い。私を待たせるな」

「………はい」

だがここは異世界で、美穂乃は双子の妹を救うためになんでもすると決意したばかりだ。ここでラドリムに抵抗することは、セラフィナに薬を調合してもらうという道を諦めるに等しかった。

ラドリムは、己のほうへ歩み寄る美穂乃に、彼女が持っていた水差しをテーブルに置けと指示した。美穂乃はその指示にも従順にうなずいた。

「……ふむ。いちいち顔を覚えてはいないが、この城にお前のようなメイドがいたか？」

「つい最近雇っていただきました」

「なるほど。さっきもそういうことを言っていたな」

ラドリムは、直立する美穂乃の周りをゆっくりと歩いた。

一見怪しいメイドを尋問しているようだが、彼の視線はやはり美穂乃の胸元や尻に注がれている。視線だけでなく、もう少しでそこに手が伸びてきそうな気配があった。

（平気よこのくらい。いまさらなんとも思わないわ。それよりこのおじさんの言うことを聞けば、セラフィナ様に薬を作ってもらうことだって……。そうよ、我慢しなきゃ）

どんな辛いことでもたった一人の妹のためなら耐えられるし、実際に耐えてきた。

異世界で恋人の恭弥と離れ離れになっても、自分たちを召還した立派な城とは真逆の小さな家に暮らし、衣食住の心配をしながら魔物と戦って生活費を稼ぐ羽目になっても耐えてきた。

そう思っても、ひとりでに口の中が渇くのはなぜだろう。

己の権力を笠に着て、弱い立場の誰かを言いなりにしようとする相手こそ、美穂乃が最も生理的嫌悪を感じるタイプだからだろうか。――しかしそれはおかしい。それこそ美穂乃は、司に散々言いなりにされてきたはずではないか。

ラドリムは、美穂乃のあごに指をかけて上を向かせた。

「ほう。戯れに声をかけたが、中々だな。気に入ったぞ」

「う……」

こういうとき、美穂乃が一番に助けを求めるべき恋人はここにいない。それ以前に、美穂乃は司に言われた。どうしようもなくなったときだけ都合よく他人を頼るなと。

これは妹のため。だから仕方ない。だから覚悟を決めようと目をつぶった美穂乃に顔を近付けながら、ラドリムは笑みを浮かべた。

（……ああ、そっか。……そうなんだ、私）

そしてラドリムの唇が自分の唇に触れようとした直前、急速に冷めた心で美穂乃は思った。

——殺そう。

——こんな男に汚されるくらいなら、その前に全部を台無しにしてしまおう。

——足を引っ張るだけのあの子なんてどうでもいい。

冷え冷えとした眼光をきらめかせた美穂乃は、右手の指を揃えて手刀を形作った。

だが、美穂乃の右手がラドリムの頸動脈をえぐる前にドアが開いて、小太りの魔族が入って来た。

「ラドリム様、よろしいでしょうか」

それは美穂乃も見たことがある、セラフィナとの謁見時に左右に控えていた男の一人だ。美穂乃の前にいるラドリムを見た男は、「申し訳ありません」と平謝りした。

「どうした。しばらく近付くなと命じたはずだぞ」

「それが、お待ちになっておられた例の使者が見えましたので」

「何？　わかった、すぐに行くと伝えろ」

慌ただしく空気が動き、ラドリムたちは出ていった。

美穂乃は男たちからすっかり忘れられ、その場に取り残された。

「え……ちょ、なんなのよ」

怖がらせるだけ怖がらせておいて、この扱いは酷い。そうやって憤ったときにはいささか冗談のようだった美穂乃の声は、髪をかきむしるように頭を抱えてうつむいた瞬間、様変わりした。

「なんなのよ、もう……」

異世界で変わっていくのは、司だけではない。

美穂乃はさっきの「気の迷い」をどうにか振り捨てて、セラフィナの居場所を探すためにラドリムの部屋を出た。

§

「……美穂乃、お前どっか調子が悪いんじゃないのか？」

「別に平気だけど？　それに私の調子が悪くたって、秋光くんには関係ないでしょ。やらなきゃいけないことはしっかりやるから放っておいて」

例の家畜小屋で数日ぶりに顔を合わせた僕と美穂乃の、最初のやり取りがこれだった。

言葉の内容はともかく美穂乃の声は穏やかで、表情も前に会ったときとそう変わらない。だが確実に何かがあったのだという気がした。

風邪を引いたとかではなく、メンタル面でこいつが酷く落ち込むような出来事があったのだ。

しかし美穂乃が平気だと言うものを、僕がわざわざ掘り返す義理はなかった。「確かにそうだな」と同意してから僕は続けた。

「どうにかしてセラフィナに会う話。一つこれかなって方法があったぞ」

「私もよ」

「ああ、初めからお前には期待してないさ。……え？　いまなんて言った？」

「セラフィナ様に会えたし、秋光くんがセラフィナ様のところに行く方法もちゃんと見つけてきたわ。……そんなに驚かなくてもいいじゃない」

驚くなと言われても無理がある。

そのために美穂乃をメイドとして潜入させたのは確かだが、せいぜい城の内部構造を把握するための役に立てばいいくらいに思っていた。

「志穂乃の薬のこと、セラフィナ様はちゃんと覚えてたわ。それだけじゃなくて、私をセラフィナ様のお世話係にしてもらったから、お話ししようと思えば、これからは普通にお話しできるわよ。どう？　私にだってこれくらいできるんだから」

声の張りが違うのか、身振りの感じが違うのか。美穂乃は自慢したが、そのとき見せた得意げな微笑みにもどこか違和感があった。

「どうしたの秋光くん。なんで怒ってるのよ」

「怒ってなんかないさ。意味不明な言いがかりはやめてくれよ」

「怒ってるじゃない」

「怒ってない」

僕と美穂乃はそんな不毛なやり取りを何度か繰り返した挙句、互いに目を逸らした。

「……ごめんなさい」

「……いや」

なぜ美穂乃が謝っていて、どうして僕がそれを許すようなことを言っているのか、僕も美穂乃も意味がわかっていなかった。

「まあとにかく……良くやったな美穂乃」

「うん」

「お前がセラフィナに会えるなら話は早い。お前に薬の材料を預けるから、それをセラフィナに調合してもらえばケリがつくな」

「ううん、私も同じこと言ったけどそれはダメだって」

「なんでだよ」

「薬を作るには色々道具が必要だけど、セラフィナ様の部屋にはないからだってさ」

「はあ？」

いつもならここで苛立つのは美穂乃のほうだが、今日は立場が逆だった。

美穂乃曰く。セラフィナは持っていた調合に必要な器具をラドリムに取り上げられてしまった。厨房にある道具で代用できなくもないが、それらの道具を部屋に運んだり、逆にセラフィナが厨房に出入りしたりするのはさすがに厳しいそうだ。

「じゃあどうするんだよ。他にいいアイデアがあるのか？」

「あるわ。セラフィナ様からこれを預かったの」

「……指輪？」

「これを使えば、街からお城まで続く秘密の通路の中に入れるそうよ」

そこで美穂乃が口にしたのは、僕が探してきた城への潜入手段とほとんど同じだった。

§

この世界の僕らがいる大陸は、大まかに人間の支配地域と魔族の支配地域に分かれている。それ以外の種族が住んでいる地域もあるが、大きくまとまった「国」を作るのは主にこの二種族である。

当然のことながら、セラフィナやラドリムのエイギーユ家が統治している領地は魔族の支配地域内にある。僕らを召還した人間の国とも比較にならない面積の、全体から見ればちっぽけな領地だ。
だが、エイギーユ家の城は領地の割に非常に立派だ。それだけは僕らを召還した国に負けて
いない。それはどうしてかというと、遥か昔にエイギーユ家が隆盛を誇っていたころの名残《なごり》な
のだそうだ。
そのような、この世界に歴史の教科書があったら書かれていそうな情報の出所は、もちろん
僕ではなくて、この世界の先輩であるリエラだった。
そしてリエラは断言した。
「これだけの規模の城に、抜け道が存在しないはずがありません」
彼女の部屋に積み上げられた無数の本や地図。僕には読めないが、それらにはかなり古い記
述も含まれているらしい。リエラはそこから抜け道のありそうな場所にあたりを付けた。美穂
乃がセラフィナから手に入れた情報も、それと大体同じだった。
セラフィナの指輪は隠された入口を開けるための鍵である。それを使って実際に城の内部に
潜入するのは、もちろんと言っていいのかわからないが、僕の役目だった。
外で色々とやることを済ませていると、あっという間に夜になる。
真っ暗になってから家に帰り着いた僕は、まず二階に上がり志穂乃の部屋の扉を叩こうとし

た。しかし志穂乃はもう寝ているかもしれないと思い直し、ノックせずにそのまま扉を開けた。

　そして僕が灯かりのついていない暗い部屋に入るなり、か細い声が聞こえた。

「……司ちゃん？」

「志穂乃、寝てなかったのか」

「……なんだか目が冴えちゃって」

　もしかしたら志穂乃は不安で眠れなかったのかもしれない。暗くて表情は見えないが、声から伝わるホッとした感じから、僕はそう思った。

「昼にお前の様子を見に来てくれるように大家さんに頼んでおいたけど……」

「うん、来てくれたよ」

「……そっか。じゃあお休み。また明日な」

　こうして部屋まで来たはいいが、志穂乃が起きていたとなると特に言うことが見つからない。適当なところで切り上げようとすると、志穂乃は僕の袖を意外な力で掴んで引き止めた。

「待って司ちゃん」

「……どうした？　そんなに引っ張らなくても、お前が行って欲しくないんだったら、どこにも行ったりしないよ」

　本気でそんなこと思っていないくせに、白々しいにもほどがある言葉だ。

　美穂乃と違い、最終的に志穂乃が死のうが生きようが、本当のところ僕にはどうだっていい。

──ただ調子に乗って結んだ【契約】に縛られているから、仕方なくやっているだけだ。

しかし僕の本心を知らない志穂乃は、僕の袖を掴んだまま繰り返した。

「お願い、行かないで……」

「………………」

「お願いだから……」

僕を裏切った柊恭弥に惚れていたのは美穂乃だけじゃない。こいつだってそうだ。

でも美穂乃が恭弥と付き合い始めたとき、他の恭弥を狙っていた女子たちと同じように、志穂乃は自然と余りものになった。

俗な言い方をすれば「負けヒロイン」ってやつである。

そして、こいつが未だに恭弥への思いを引きずっていることは、この前の寝言からも明らかだ。こうやって僕に縋《すが》り付くのは、死の恐怖に取りつかれた挙句に手近な恭弥の代用品を見つけたからに過ぎないだろう。

うっとうしい気持ちに襲われた僕は、志穂乃の手を振り払おうとして考え直した。

「志穂乃」

僕は逆に志穂乃の手を力強く握りしめた。

「どこにも行かないさ。僕はお前を一人にしたりしない」

ここにいない恭弥と、あるいは美穂乃と違って。

これは【契約】ではなく単なる「約束」だ。そして単なる約束なら、簡単に破ることができる。まるっきり嘘の言葉でも、だからこそきっぱり自信を持って言えた。

どんな美辞麗句を重ねようが、最後は自分の安全を優先するに決まっているのに。報酬代わりにこいつの姉のことを好き放題に犯しているくせに。

こうやって僕は、あいつに負けず劣らずのクソ野郎になっていくのだろう。

でもそれでいいんだ。誠実さや責任感なんて捨ててしまったほうが、この世界ではそっちのほうが勝者に近付けるのだから。

だから――。

「何があっても、絶対に見捨てたりしないさ」

僕がそう言うと、強張っていた志穂乃の身体から力が抜けた。

こいつがこの言葉を信じるならそれでいい。最終的に裏切られたと知って傷付くなら、それはそれでいい気味だ。

「でもごめんな。明日から少し出かけるよ。……けど、絶対に帰ってくるから心配するな」


――絶対？

――絶対だって？

——そんな保証なんてどこにもないくせに、無責任なこと言うな。

「……うん」

志穂乃は小さく頷くと、僕に小指を立てた左手を差し出した。その仕草が意味するところを読み取って、僕は苦笑した。

「いや、指切りって。小学生じゃないんだからさ」

「…………」

「……はあ、わかったよ。それでお前が満足するならな」

僕は志穂乃と指切りを交わした。

結んでいた二人の小指が解《ほど》けると、志穂乃の左手はそれだけで力尽きてしまったように、ぱたりとシーツに落ちた。

僕が毛布を掛け直してやったときには、志穂乃はもう寝息を立てていた。

ここまでどうにか持ちこたえてきた志穂乃の命は、もう秒読みに入っていた。

美穂乃やリエラから得た情報を元に下準備を整えて、明日からは城への抜け道の探索を始める計画である。

いま僕を突き動かしているのは僕の意志じゃない。僕の右手に刻まれたルーンが、【契約】

を果たすために最後まで全力を尽くせと僕に命令していた。――ひょっとしたらこいつは、僕に与えられた便利な力というよりも、厄介な呪いの類だったんじゃないだろうか。

「……待ってろよ。僕が絶対に助けてやるからな」

約束なんて欠片《かけら》も信じていないくせに。

そもそもこいつを助けたいなんて微塵も思っていないくせに。

僕は虚空を見つめてそんな台詞をつぶやくと、振り返って部屋を出た。

Extra.1　美穂乃とリエラのマナー特訓

「それではミホノさん、昨日教えたことの復習から始めましょうか」

「は、はい、わかりましたリエラさん」

メイド服を着て頭に付け角を装着した美穂乃は、緊張の面持ちでうなずいた。

司がこの世界で借りた二階建ての家には複数の部屋があるが、ここはそのうちの、美穂乃に割り当てられた寝室だ。家具はせいぜいベッドとタンスしか置いていないが、れっきとした彼女専用の個室である。

部屋が余っていたとは言え、普段は守銭奴のような物言いをする司が姉妹に別の寝室を用意したのは、志穂乃がかかっている原因不明の病気に対する感染予防だ。それ以外の理由は無い。

しかも司は、きっちり二人分の家賃を毎晩のように美穂乃から徴収している。自分に個室があるのは、決して彼の親切ではないのだと、美穂乃は寝るとき自分に言い聞かせるようにしていた。――そうしなければ、色々と勘違いしそうになるからだ。

「そうですね。目上の魔族に対するお辞儀は、両手をお腹に当てて、背筋を伸ばしたまま、頭の頂点が相手に見えるくらい深く腰を曲げてください。基本的に相手に声をかけられるまで、自分から話してはいけません」

「は、はいっ」

リエラはマナー講師として非常に優秀だった。

美穂乃がメイドとして城に上がる予定の日までは、ほんの短い時間しか用意されていない。しかし、美穂乃が元の世界のドラマで見た優秀な秘書のようなたたずまいのリエラは、そのわずかな時間を活用し、淡々と美穂乃にメイドの作法を仕込んでいる。

ちなみに、ほとんど家具の無い室内には場違いに思える姿見は、どこからか司が調達してきたものだ。美穂乃はそれを前にして自分の姿勢のチェックをしていた。

そんな特訓の合間に、美穂乃の頭にふと疑問が浮かんだ。

（……そう言えば、この人って何歳なのかしら。私と秋光くんより年上なのは間違いないけど、そんなに離れてる訳じゃないわよね）

美穂乃がこの街にやって来た当初、彼女が偶然再会した司は、他人との交流を極力避けるように路地裏の家でひっそりと暮らしていた。美穂乃が知る限り、その司とまともに付き合いのある数少ない人間——いや魔族は、このリエラと大家の二人だけだった。となれば自然と、彼女と彼女たちがどういう関係なのか気になってしまうのは、美穂乃ならずとも彼女と同年代の少女にとっては当たり前の話だろう。

それに美穂乃は知っている。司は元の世界にいた頃も、どちらかと言えば他人と積極的に交わろうとしなかった。美穂乃たち姉妹と、美穂乃の恋人である恭弥以外に、司と仲が良かったクラスメイトといっても、美穂乃はすぐに思い出せない。

――そんなにわざわざ一人でいようとしないで、普通にみんなと遊んだりすればいいのに。

美穂乃がそう思えるのは、きっと彼女が普通の人間だからだ。

比較的裕福な家庭に生まれ、容姿とスタイルに恵まれ、苦手なことや悩み事は有るものの基本的には自己肯定感が高く、他人より秀でた特技や特徴を持っている。そんな普通の少女である美穂乃が「かつてよく遊んだ幼馴染」に向ける無自覚な視線は、ある意味どんな蔑みの言葉より残酷なものだった。

（う～ん、見た目的に二十二、三歳くらいかな？　でも、もうちょっと若かったりするのかも。リエラさんって大人っぽい印象だし、魔族の人が私たちと同じ歳の取り方をするとは限らないし……。そう言えば大家のシルエさんも、お子さんがいるのに凄く若くて綺麗よね）

そんなふうに特訓で集中力を欠いた美穂乃に対し、リエラからの注意が飛んだ。

「ミホノさん？」

「はっ、はいっ！」

「心ここにあらずのようでしたが、集中していただかなければ困ります」

「はい、ごめんなさい。――いえ、申し訳ありませんでした」

美穂乃はこの世界のメイド式で深々と頭を下げた。志穂乃を救うためにやっていることなのに、今のは完全に自分が悪い。

——そう、悪いのは自分だ。集中しなければならない。しかしどうしても頭の隅で引っ掛かる。司と違って自分たち姉妹とは何の関係も無いリエラがここまでしてくれるのは、一体なぜなのだろうと。

（……秋光くんに頼まれたから？）

結局それしか理由が思い当たらないし、実際リエラに美穂乃の特訓を依頼したのは司なのだ。しかしそう考えると、リエラと司のあいだには、美穂乃が知らない何か特別な関係があるような気がした。

だから美穂乃は、リエラが帰ったあと、その疑問を司に直接ぶつけてみた。


「僕とリエラの関係？　そんなことお前が知る必要ないだろ？」

「あ♡　ああっ♡　あっ♡　あ♡　ひあああっ♡♡　イっ♡　くっ♡　それダメ秋光くんっ♡♡　許してっ♡　ごめんなさいっ♡　ごめんなさいっ♡　イっぐううううっ!?♡♡」

「謝りながらイクくらいなら、二度と余計な口出しするなよ」

その結果がこうだ。

礼儀作法の特訓をする美穂乃とは別に、外で色々と調べ回って来たらしい司は、夜に美穂乃を乱暴にハメ潰した。

美穂乃が知る必要があることなら話すし、そうでないなら詮索するな。大体そんな意味合いの言葉をつぶやきながら、彼は美穂乃をめちゃくちゃにした。美穂乃が知る子どもの頃の彼の印象とは似ても似つかない浅黒く硬く太い肉棒で、美穂乃の女としての弱点を攻めまくり、彼女の肉体に現在の二人の上下関係を刻み込んだ。

前はプライドが許さなかった謝罪しながらの絶頂も、今ではかなり癖になった。司の手に掴まれて固定されている部分以外は、まるで釣り上げられたばかりの魚のようにビチビチと跳ねまわり、オスのペニスでイかされるメスの悦びを全力で表現していた。

（ダメっ！　これ以上イっちゃダメぇっ！　エッチってこんなに気持ち良くされたら、ホントに秋光くんに逆らえなくされちゃうから！　我慢して！　我慢するの！　ダメっ、ダメっ、ダメダメダメダメっ、あっ、あっ、イクっ、またイクううう!?♡♡♡）

連続でアクメが襲ってくる前兆に美穂乃は震え、精一杯抵抗を試みたが無駄だった。跳ね上がろうとする下腹部を司の腰に押さえつけられ、快感以外はよくわからなくなった結合部から、何かが漏れていく気がする。

――気持ちいい。

――気持ちいい。

――あそこが信じられないくらい気持ちいい。

――気持ちいい。

――気持ちいい。

――秋光くんに好きなようにされて、悔しいのに気持ちいい。

――ホントはダメなのに気持ちいい。

――なんで秋光くんとのセックスはこんなに気持ちいいの？

恋人である恭弥とのセックスでは、意識してイこうとしなければイけなかった。そうやって手に入れたオーガズムも、ここに有るものと比べればほんのささやかなものに過ぎなかった。美穂乃の目尻から思わず零れる涙は、悔しさと快感が入り混じったものだ。

この快楽が、秋光に対する怒りや不満、美穂乃の中にある恐れや不安をグズグズに溶かしてしまう。

「はあ……♡　はあ……♡　はああ……♡♡」

たっぷりイかされまくったあと、美穂乃はベッドに仰向けに寝たまま、口を大きくあけて何とか肺に酸素を取り込もうとしていた。

通っていた道場の試合以外にも、運動部の助っ人として多種多様なスポーツの大会に出たが、これほど汗をかいて疲労困憊する運動は初めてだった。

「都合が悪くなったら、エッチでごまかさないでって言ったのに……」

「何か言ったか？」

「何も……言ってないわよ……。はああ……♡♡　あうん……♡♡」

司に射精された精液が美穂乃の胎内で渦巻き、それによって継続的に絶頂させられているようだ。脚がみっともないくらいガクガク震え、とても立ち上がれる気がしない。

そして美穂乃がこれほど疲れ果てているのに、司のモノは未だに硬く反り返っている。それを見ていた自分の喉がごくりと鳴ったことは、セックスで司に勝てないことよりも、美穂乃にとっては認めがたいものだった。

「ねえ、おっぱい吸わないでよ……。あんなに精液出したんだからもういいでしょ……？」

司はまだセックスを続ける気だ。そうである以上、彼と【契約】を結んだ美穂乃に拒否権は無い。しかし憎まれ口を叩くことくらいはできた。

「私なんかとエッチするのが、そんなに楽しいの……？　あんッ♡」

返事の代わりに乳首を甘噛みされ、美穂乃は腰をくねらせた。

全く力の入らない身体で司の愛撫を受けながら、どうしてこんな状況になったのかと考え、それはリエラの話がきっかけだったと思い出した。

(やっぱ絶対なんかあるし……。リエラさんとのことで、私に言いたくないことがあるんだ。司のくせにあんな綺麗な人となんて、生意気……)

司に愛撫だけで絶頂させられる自分の声を聞きながら、美穂乃はそんなことを思った。

§

「ミホノさん、今日はテーブルマナーについて勉強しましょうか」

「はいリエラさん。お願いします」

即席のメイド修行も開始してから数日目を迎えた。

もともと覚えが早いうえ、「特訓」や「修行」という言葉に憧れるタイプの美穂乃は、わずかな時間ですっかりこの世界のメイドらしくなった。最初は違和感の大きかった付け角にも、かなり慣れてきた。

司は相変わらず、美穂乃たちが特訓している場所には姿を現さない。

いつもならば美穂乃のメイド服が板についていないと嫌みの一つも言いに来そうなものだが、それはなぜなのだろうか。

一階に移動し、食卓の椅子に腰かけた美穂乃の横から、リエラがテーブルマナーの見本を見せる。司と美穂乃が普段使用している粗末な木の食器が、貴族の食卓で使われる高級なカトラリーの代わりだ。

リエラはいちいち振る舞いに隙が無い。同性である美穂乃が思わず見とれてしまうほど所作が美しい。いまの彼女は有能な秘書というより、和服を着て日本舞踊や華道や茶道をたしなむお嬢様のようだった。

「――というように、細かい部分は省きますが、高位魔族の食卓でメイドは概ねこのように振る舞います。覚えられましたか？」

「たぶん……次は私がやってみていいですか？」

「ええ、どうぞ」

これは司もあずかり知らないことだろうが、美穂乃とリエラが二人きりでいる時、妙なよそよそしさというか緊張感があった。

――もしかして自分はこの人に嫌われているのだろうか。

――たぶん嫌われている。

そう思うのは、誰とでもすぐ距離を縮め仲良くなるタイプの美穂乃にしては珍しかった。

そもそも美穂乃は、この世界の魔族は、争いを好む冷酷で残忍な種族だと聞かされていた。しかしエイギーユの街に住むようになり、近所の魔族と付き合うようになってその考えが変わった。

司の大家も、表通りの八百屋や肉屋や魚屋の店主も、普通に親切な人ばかりだ。司は疑っていたが、志穂乃の薬を作ってもらうために領主のセラフィナと面会した際も、領民に対する慈悲深さを感じた。叔父のラドリム・エイギーユによるセラフィナへの高圧的な言動は、普通に腹立たしかった。

結局のところ、魔族にだって「悪い人」もいれば「良い人」もいる。それが美穂乃が自分で出した結論だった。

それで言うと、リエラは決して「悪い人」ではない。

だが――。

その日の練習が一通り済むと、リエラは言った。

「……合格ですね。これなら城に入っても怪しまれることは無いでしょう。たとえ作法に穴があっても、お教えした通り言い訳すれば大丈夫ですので」

「あ、ありがとうございます」

「私にお礼は不要です」

その時のリエラの口調からも、美穂乃は謙遜というより、感謝を拒絶されたような印象を受けたのだった。


美穂乃はその夜、リエラからお墨付きをもらったことを司に報告した。

「秋光くん、今日はリエラさんから合格をもらったわ。これならお城で働いても怪しまれないだろうって」

「ああ、僕も大体あいつから聞いてる」

「え、いつリエラさんに会ったの？　あの人が帰ったのと入れ替わりで秋光くんが帰って来たから、そんなタイミング無かったと思ったのに」

「……今日じゃなくて昨日会って、そろそろ行けそうだって聞いたのさ」

昨日にしても、どのタイミングだったのだろうと美穂乃は思った。いずれにしても、美穂乃の知らないところで司がリエラと会っていることは間違いないのだ。――そんなふうに二人の行動を訝しんでいる自分に気付き、美穂乃は慌てて首を振った。

「美穂乃？　お前何やってんだ？」

「な、何でもないし。気にしなくてもいいわよ」

ここは食卓でもなければ家の廊下や階段でもない。二人が話している場所は司の寝室だ。服を脱いで生まれたままの姿でセックスする直前。意図しないうちに、それが彼らの最も素直なコミュニケーションの時間となっていた。普段は嘘や隠し事の多い司も、この時だけはかなり本当のことを喋るのだと、美穂乃は直感で理解していた。

それ以前に司とのセックスを「当たり前」だと受け入れかけている自分から目を逸らしつつ、美穂乃は彼に問いかけた。

「……もうそろそろだけど、秋光くんはどう思うの？」

「何がそろそろだって？」

司は美穂乃の質問の意図を測りかねたようだ。彼は彼女の胸を揉みしだきながら首を傾げた。わからないなら別にいいと、美穂乃は首を横に振った。

「あ……ん♡」

同級生の少年の指に柔らかく揉まれるだけで先端が尖り、甘い声が出るようになった乳房。くびれをなぞられただけで何かを待ち望むように動く腰。自分がこんなにいやらしい身体になってしまったのは、全て彼に刻まれたルーンのせいなのだと心の中で言い訳しながら、美穂乃は今日も司に抱かれた。

確かな圧と共に司の肉棒が膣内を掻き分けて奥に入ってくると、美穂乃は喉を反らして喘ぎまくった。

さっき美穂乃が「もうそろそろ」と言ったのは、もうそろそろこの協力関係も終了するという意味だった。今度こそセラフィナに薬を作ってもらい、それで志穂乃が治れば、司と美穂乃が手を取り合う理由は無くなる。

その時、司はどうするつもりなのだろうと、改めて考えたのだ。

報酬を完全に支払い終えるまで美穂乃を正真正銘の性処理道具として使い倒し、最後にはこの家から放り出す。――どうせそういう答えが返ってくるに決まっている。

彼の口癖を借りるなら、司と美穂乃たちは所詮「他人」なのだから。

「あっっ♡♡　ぐううっ♡　んオっ♡　おっ♡♡　凄いっ♡　凄いっ♡　秋光くんっ♡♡」

「ああ、美穂乃のマンコもめちゃくちゃ締まってるぞ！」

「ひぁあっ♡　あッ♡　ああっあ♡♡　ひぐうっ!?♡♡」

いつの間にか、美穂乃は司に跨って、彼に背中を見せながら腰を振っていた。

——私が彼に抱かれるのは自分の意思ではない。少なくともこの行為を喜んではいない。そんな言い訳も空しくなるほどの奔放な腰使いで快感を貪っていた。

司は美穂乃の尻を掴んでぐいぐいと腰を突き上げ、美穂乃は彼のその動きに応えるような腰使いを見せた。

美穂乃のピンク色の割れ目を限界まで押し広げた司のモノが、根元から先端までをたっぷり使って彼女の膣内を味わうように、一定のリズムを保って往復する。エラの張った亀頭に膣壁を削られて、少女は津波のような快楽に悶えた。

粗末なベッドは二人分の体重を受けて激しく軋む。ベッドの脚の下で床の色が微妙に変わっているのは、それがもともとあった位置から移動している証拠だ。それほどに、二人は今日までこのベッドの上でセックスを繰り返していた。

こんな堕落した日々もいつかは終わる。今度の計画が上手く行けばきっと終わる。

——でも本当に？

本当に自分は、司が与えてくれるこの快感が終わるのを望んでいるのだろうか。妹のことは口実で、単に司に犯してもらうことを願うようになってはいないか。そういう不安も、彼のペニスで絶頂すれば塗り潰すことができた。

「ぐっ！　出すぞ美穂乃！」

「あッ!?♡　あああ么っ!!♡♡　ああああっっ!!♡♡」

イった瞬間、自分に降り注いだ司の精液の熱を受けて、美穂乃はガクガクと下半身を痙攣させた。

美穂乃がメイドとして城に行けば、しばらくこの快感ともお別れだ。二人ともそれを惜しむかのように、その夜はいつもよりさらに激しく乱れていた。

Extra.2　司と大家が出会った日

「なあ知ってるか。また盗賊が出たんだってよ。ヴェロンドからこっちに来る隊商が襲われて、品物は丸ごと奪われたって」

「その話なら俺も聞いたぜ。残ってたのは死体だけだってんだろ？」

「ああ、しかも男と年取った婆さんの死体だけな。若い娘もいたらしいが……みんな盗賊たちに攫われちまったみたいだってよ」

そんな噂を耳にして、市場で買い物をしていたシルエは眉をひそめた。

彼女は思わず、傍らにいた娘のミアシェを自分の方に引き寄せた。

「……？　おかあさん？」

ついこのあいだも似たような物騒な噂を聞いたばかりだ。

盗賊に攫われた娘の運命は決まっている。憐れな彼女たちは、散々慰み者になった挙句に殺されるか売り飛ばされる。魔族の都市の娼館で働かされるのはマシな方で、下手をすると角付き・・の娘を抱きたがっている人間の好事家《こうずか》に飼われることになるという話だ。

シルエは娘のミアシェと共にエイギーユの街で暮らしている。彼女の両親もエイギーユ生まれで、シルエは街の外に出た経験がほとんど無い。

だからこそ彼女は、世界のあちこちを行き来する自由傭兵だった夫に惹かれて、彼と結婚したとも言える。淑やかで近所でも評判の美人だったシルエがそういう怪しい職業の男と結ばれたと知って、こんなことなら自分が先にと悔しがった男も多い。

その夫が行方をくらませて以来、シルエはミアシェを女手一つで育ててきた。さっきの噂が真実かどうかはさておき、自分の愛娘にだけは、絶対にそういう目に遭って欲しくなかった。娘に不安な思いをさせないよう「何でもないのよ」と微笑むと、シルエは少し急ぎ足で市場を出た。

最近はエイギーユを囲む壁の外だけでなく、街中でも犯罪が増えている。こうして治安が悪くなり始めたのは、今の領主に代わってからだと誰かが言っていた。

新しい領主のセラフィナ・エイギーユは先代の一人娘だが、まだ若く力が足りない。それに統治に対する関心もあまり無いようだ。口を開けば絵空事のようなことばかり言う彼女が、領内の治安を厳格に取り締まり、他領と対等に渡り合っていくことを期待するのは難しい。それも誰かが言っていた。

治安の悪化による影響は、まだシルエたちの生活に支障を及ぼすほどではなかった。だがこうして市場を訪れると、昔より明らかに商品が高くなり、種類と質も悪化していることがわかる。

夫の失踪後、シルエは彼が置いて行った金と、両親が遺してくれたわずかな財産で数軒の家を買った。そしてそれを他人に貸すことで生計を立てた。頼れる親戚も無く、乳飲み子だったミアシェを抱えた彼女に悲しんでいる暇など無かった。

買い物を切り上げミアシェと共に家に帰ったシルエは、娘を置いて再び外出した。

あんな噂を聞いた直後だし、できれば片時も離れたくない。だが、シルエはこれから滞納されている家賃の徴収に行くのだ。そういう自分を娘には見せたくない。

きちんと戸締りして、誰か訪ねてきても決して応じないようミアシェにきつく言いつけてから、彼女は家を出た。

(今日は払ってもらえるかしら……)

大家だからと言って、そう簡単に悠々自適とはいかない。彼女が所有している物件は、娘と住む家以外には、表通りから少し入ったところにある住居兼食堂が一つと、路地裏の小さな家が一つだけだ。しかも路地裏の家は現在空き家になっていて、食堂の方も、そこを営む夫婦が家賃をため込みがちだった。

「いやあ、うちも最近厳しくてね」

夜の営業が始まる前の食堂に行くと、シルエは案の定そういう言葉で迎えられた。

「いずれ払うから、悪いけどちょっと待ってもらえないかな?」

「でも、そう言ってこのあいだも……」

「そうだったかな？　けど、どう言われようが無いものは無いからなあ」

髭を生やした食堂の亭主は、若いシルエのことを明らかに侮っていた。「同族のよしみで待ってくれよ」と、恐縮するでもなく彼は言った。

シルエは、家賃が払われないと困るのは自分も同じだと反論したかったが、前に同じような場面で、「ならあんたは俺らに死ねって言うのかい？」と返されたことを思い出した。

「……わかりました。それじゃあしばらく待ちますから。……次はお願いしますね？」

「ああ、わかってるって。俺だって男だ。約束は守るさ」

亭主は自分の胸をどんと叩いて請け負ったが、シルエはため息をつきたい気分だった。

その夜の食卓では、ミアシェがしきりに母親を心配する様子を見せた。

「……おかあさん、もしかしておなか痛かったりする？　……びょうき？」

「あらどうして？　そんなこと全然ないわよ？　お母さん元気いっぱいなんだから」

――本当は落ち込んでいるのに、娘の前では「明るい母親」を演じようとする自分。本気で娘のためを思うなら、無理やりにでも家賃を支払ってもらうべきだったのに。そんなふうに、シルエはたまに己がどうしようもなく愚かなことを**している**のではという気持ちになる。

――そもそもこんな状況に陥ったのは、自分があの人を選んだせいなのではないか。そんな思考が頭をよぎりそうになるが、それだけは絶対に考えないようにしていた。

そんなある日のことである。

シルエが所有する路地裏の空き家の前に、見慣れない若者が立っていた。

「……っ」

その若者を見てシルエは表情を引きつらせた。

まずその若者は、腰に剣の鞘を下げていた。革鎧とブーツは泥や埃で薄汚れている。しかも頭に角が無い。


――どうやら人間だってよ。ヴェロンドからの隊商を襲った盗賊ってのは。


先日シルエが市場で耳にした噂を思い出したのと同時に、人間の若者は彼女に気付いた。

彼はシルエの方に顔を向けたが、暗く淀んだ瞳は彼女を見ていなかった。

シルエは衛兵を呼ぶために声を上げようとしたが、その前に若者に話しかけられた。シルエが想像していたよりも彼がずっと年下だということが、その声の感じからわかった。

「すみません。この家を借りるにはどうすればいいんでしょうか」

「……え？」

「この看板が有るってことは、ここ空き家なんですよね？」

確かに、彼の前にある家の玄関の扉には、貸し家を意味する看板が掛かっている。

若者の——少年の口調は丁寧だったが、疲れ果てた投げやりな雰囲気があった。

「別にここじゃなくてもいいんです。追い出されずに済む……住める場所ならどこでも」

「………………」

「お金なら払えます」

信用されることを初めから諦めているような声で、自嘲の笑みさえ浮かべて彼は言った。少年は、シルエがこの家の持ち主であると知るでもなく、単に通りすがりの彼女に声をかけた自分を嗤っていた。

どう見ても彼は不審な人間だ。彼が街に入ることができたのは、言ってしまえば衛兵の怠慢に過ぎない。

無視して通り過ぎる。シルエでなくても、それが当たり前の選択だった。

だが——。

「私がこの家の持ち主だけど……。あなた、一人でここに住みたいの？」

シルエは彼にそう尋ねていた。

§

シルエが家を貸したアキミツと名乗る人間の少年は、最初に彼女に答えた通り、その家に一人で暮らし始めた。シルエは家賃を払ってもらうため、定期的に彼のところを訪れた。

「こんにちはアキミツくん。この街の暮らしには慣れた?」

「ええ、何とか。大家さんのお陰です」

「そう、良かったわ。私は近くに住んでいるから、困ったことがあったら何でも言ってね?」

微笑みながら、シルエは少年の様子をうかがっていた。

それは何も、シルエが特別に疑り深い性格だったからではない。仮に彼が罪を犯せば、大家である彼女もその責任を問われる。誰に家を貸すかは重要な問題だった。とりあえず盗賊の仲間ではないようだが、何しろこの少年は人間なのだ。

「わかりました。すいません」

彼は粗暴ではなくむしろ礼儀正しいが、むやみに愛想を振りまくタイプではなかった。いまの「すいません」からも、気持ちだけ受け取ってシルエに頼るつもりは無いことがはっきり感じられた。

彼に頭を下げられて、シルエの胸がチクリと痛む。——疑っているにもかかわらず、彼の前で理解ある姉のように振る舞うのはどうなのだろうと。

(……でも仕方ないいじゃない。ミアシェを育てるためなんだから)

そんなふうに、心の中で娘を言い訳に使う自分が、なおのこと卑しく醜い性格になってしまったような気がする。

「大家さん」

「――え？　な、なあに？」

「これ、来月分の家賃です」

少年はそう言って、シルエが来たときのために用意しておいたらしい金の入った袋を取り出した。彼はぼうっとしていたシルエの手に袋を乗せると、彼女がその中の金額を確かめるのを待つそぶりを見せた。

シルエは正式に少年と、この家の賃貸に関する契約書を交わしている。魔族は昔から契約を重んじると言っても、最近はそれを守らない者も増えた。魔族でさえそうなのだから、契約書に書かれた人間の少年のサインにどれほどの意味があるのだろう。そんなシルエの懸念が馬鹿馬鹿しくなるほど、彼はきっちり規定の家賃を納めていた。

彼はどう見ても裕福ではないし、出会った時の薄汚れた姿に心配になったシルエが、厳しいなら少しは待つとほのめかしたにもかかわらず、一度も支払いを遅らせたことが無かった。それはシルエに借りを作りたくないからなのか、それともいったん交わした契約は、何があっても守ると決めているからなのか。いずれにしても、シルエが袋の中を確認すると、少年はようやく満足したようにもう一度軽く頭を下げた。

——用が済んだなら帰って欲しい。そう言われた気がした。

シルエが訪れるまで、彼は外で洗濯をしていたらしい。井戸の傍に、濡れた衣服が入った桶が置かれている。主婦経験が長いシルエが見ると洗い方も絞り方も甘いが、彼は徐々にこの街での一人暮らしに適応していっているようだ。

まくった袖から露出している少年の二の腕から、シルエは思わず目を逸らした。「来月になったらまた来るわね」と言いながら、どうして自分の顔が熱くなり胸が高鳴っているのかわからなかった。

（……彼は人間なのに、どうしてこの街に来たのかしら。……どうして一人暮らしなの？　家族とか友達とか……恋人はいないのかな）

シルエがそういった疑問を彼に直接ぶつけたことは無いし、たとえぶつけたとしても本当の答えが返ってくるとは限らないと知っていた。

アキミツという少年は本当の自分を隠している。よほどのことが無ければ、彼の本心からの感情が表に現れることは無いだろう。——でも、少なくとも信用していい人間だ。

少年の元に、彼と同じ人間の少女たちが転がり込んで来たのは、シルエがそんなふうに思い始めた矢先だった。

少年の昔からの知り合いだという、ミホノとシホノという名の姉妹。少年はシルエに、行くところの無い彼女たちを一時的に泊めてやるだけなのだと説明したが、それは結果的に、彼がシルエに初めてついた嘘になった。

彼がミホノという少女を連れて街を歩いているところを目撃した時、シルエは彼の本当の顔を見た気がした。一人の時は最低限しか外出しなかった彼が、忙しくあちこちを行き来するようになったのも、きっとあの姉妹の影響だろう。

ミホノという少女は、やがて少年の代わりに日用品の買い出しに行くようになり、シルエとも頻繁に会話するようになった。シルエの娘もすぐ彼女に懐いた。――しかし、明るく健やかな雰囲気で、若さゆえのはち切れそうな魅力を存分に放つ彼女が、少年の前でだけはやけに不満そうな態度を見せるのだ。

シルエの前ではよそよそしい礼儀正しさを貫く少年が、少女の前では常に眉間に皺を寄せていた。――一体あの二人はどういう関係なのだろう。シルエは寝る前に、ベッドの中でそれを考えるようになった。

自分たちが出かけるあいだ家の留守を預かって欲しいという少年の頼みを引き受けながら、そのあとの彼からの謝礼を断ったのはちょっとした興味本位だった。

――あそこには使わなくなった古い家具なんかがしまってあるんだけど、最近たまに中から変な音が聞こえる気がするの。

§

――約束通り、お礼はまた今度するから。

自宅の物置から聞こえる物音の原因究明を彼に頼んだのも、暗闇の中で彼に抱き着いてしまったのも、そのあとでそんなことを言ってしまったのも、きっと単なる興味本位に違いない。

「ン……っ♡　あっ♡　んぅっ！♡」

シルエはその夜、隣で安らかに眠る娘に聞こえないよう、シーツを口に咥えたまま熱く湿った己の股間をまさぐっていた。彼女の身体は、夫がいた時にも体験したことの無い歓喜の波にわななないた。

そしてそんなシルエの頭の中にあったのは、物置で少年が自分に向けた、ドス黒い感情の籠った黒い瞳だった。

第八話　墓所の地下

（1）

後悔することがある。

こんなことになるのなら、日頃からもっと真面目《まじめ》に取り組んでおくんだった。

まるでテストを直前に控えた学生のような陳腐な感想だけど、これこそが、僕がこの世界に来てからの嘘偽りない想いだった。

元の世界にはあれだけ本屋や図書館があって、その気になればいくらでも読むことができたんだから、学校の授業の他にも政治や経済や歴史の本を読んで、専門的な教養を身につけておくんだった。

どうせ運動音痴だからなんて言い訳しないで、スポーツで身体《からだ》を鍛えておけばよかった。あるいは料理みたいな、勉強や運動以外の特技も、この世界で生活するうえで何かの役に立ったかもしれない。

けれどいまさらだ。

異世界に放り出されてから己の怠慢を後悔したところでどうしようもない。秋光司がどんなに空っぽでつまらない人間だったとしても、死にたくないなら、持っているものをどうにか活用していくしかないんだ。

そう、これは単なる開き直りである。でもその開き直りのお陰で、僕はここまでなんとか生きてこられたと言える気もする。

（しばらく様子を見てみたけど、誰も通らないな）

僕はいま、エイギーユの街の片隅で、建物の陰に身を隠すように潜んでいる。通りを挟んだ向こうには背の低い鉄柵があり、さらにその向こうに広がるのは、街の死者を葬るための墓地だった。

（……よし）

革のグローブをはめた手を何度か握り締めてから、余計な思考を頭から追いやった。

（ここに城に通じる隠し通路の入口がある。美穂乃が手に入れてきた情報が本当の話なら、だけど。……とにかく確かめに行こう）

僕がコソ泥のようにこんな場所に潜んでいた理由はそれだ。昼間にも下見に来たが、本格的な調査は目立たないよう夜にやる必要がある。

僕は助走をつけて墓地の柵に手をかけよじ登った。華麗に飛び越えたと言いたいところだけど、墓地内の草地に着地する瞬間バランスを崩した。

「ヤバッ!?」

そう声を上げかけて、なんとか自分の口を塞いだ。

墓地の管理人が住む小屋はこの地点から離れているうえ、その管理人自体耄碌《もうろく》寸前の老人だ。しかし物音を立てて発見されれば色々と面倒なことになるだろう。リスクを考えたら、口封じなんて手段は滅多に使うものじゃない。

とにかくこれで墓地には潜入成功した。本格的な探索の始まりだ。

この墓地はいくつかの区画に分かれている。ここは比較的身分の低い平民たちの墓が集まるエリアだ。まずはここから、エイギーユ家の墓がある奥の区画を目指さなければならない。墓地の入口脇にある管理人小屋にはまだ灯かりがついている。僕はそれを横目に見て、身を低く保って奥に向かった。

さすがにこんな夜更けに墓参りに来ている住民はいなかった。この墓地は良く整備されていて一種の公園のようだ。真夜中でもそんなに不気味な感じはしない。整然と立ち並ぶ墓石にはこの世界の文字が刻まれていて、この地域で信仰されている神様の像も置かれたりしている。

(これ女神像か。ていうか、やっぱり魔族の神様には角と尻尾《しっぽ》が生えてるんだな)

これが僕らを召喚した人間族の国だとそんなことはなかった。人間の神様は人間の姿をしているし、魔族の神様は魔族の姿をしている。この世界で神様が実在しているのかどうか知らないが、どちらにせよ都合のいい話だ。

そんなことより、僕が探しているのは女神ではなく別の像だ。ベシュバリク・エイギーユ公の彫像。この街の初代領主で、セラフィナやその叔父ラドリムの遠いご先祖様。それが今回の目印である。ほどなくして、僕はそいつを見つけた。

鞘《さや》付きの剣を携えた鎧《よろい》姿の石像は、なんとなくあのラドリムを若くしたような容貌だ。

僕はその像の足元で方向を変えた。

ここに抜け道の入口が隠されているというのはセラフィナからの情報だ。彼女が小さいころ、親に無断で城から抜け出したときにここを通ったというのだ。

セラフィナの記憶がどこまで当てになるのかわからない。しかし、軟禁状態の彼女をラドリムに知られず城から連れ出す手段が他に思い浮かばない以上、試してみるだけの価値はあった。

(あった。白い壁ってこれのことか?)

やがて僕は目的地にたどり着いた。

墓地の奥の、平民用のものと比べると立派な墓が並んだ区画。その中に、特に入口の見当たらない白い壁の墳墓があった。

それは半ば蔓草《つるくさ》に覆われていたが、星明かりの下で目を凝らして探索すると、目立たないところにエイギーユ家の紋章があった。

(間違いない。美穂乃がセラフィナから預かったこいつと同じ紋章だ)

僕がポケットから取り出したのは、銀色の土台にルビーのような赤い宝石が嵌《は》められた指輪だ。これが城への隠し通路の扉を開く鍵だという。

指輪の赤い宝石は夜の闇の中でも怪しい光を帯びている。それは微妙に蠢《うごめ》いていて、じっと見ているとと引き込まれそうになる。――これが相当強力な魔力を秘めたアイテムだということは、いちいち鑑定してもらうまでもなくわかった。

（セラフィナのやつ、こんな大事そうなものを美穂乃や僕に預けてなんとも思わないなんて、腐っても領主だけのことはあるってことか）

それとも、初対面であの娘を見たときに感じた、ただのお人好しで天然なお姫様という第一印象が正しかったということだろうか。

わからない。

わからないときは、とにかく目の前の問題を一つずつ解決するしかない。

僕がその指輪を白い石壁の紋章に近付けると、拍子抜けするほどあっさり道が開いた。

魔法っていうのは本当に便利だ。押しても引いてもビクともしなかった石の壁が、音もなくすうっと滑るように動いた。そして僕の目の前に現れたのは、下へと続く階段だ。

僕は用意しておいたランタンに、【灯かり】のルーンを刻んだ石を入れた。

「さて……何が出るかな」

身体に走る緊張とは裏腹に、口からは軽い言葉が出る。

小さいときのセラフィナが偶然見つけ、城から街に遊びに行くために使ったのがこの隠し通路だそうだ。いったいどれくらい前に作られたものかは知らないが、城の誰も存在を知らなかったということなら、かなりの年代物だろう。

(ああいう城にいざというときの脱出路くらいあって当然なんだろうけど、そんなもの、よく僕や美穂乃なんかに教える気になれるな、あのお姫様も。もしかして、あの頼りないのは演技じゃなくて本物の天然だとか？　……ははっ、まさか)

それならそれで好都合だが、易々と信じてはいけない。僕は自分にそう言い聞かせてから、地下通路への一歩目を踏み出した。

墓地から侵入した秘密の隠し通路は、立って歩けるくらいの横穴だった。【灯かり】のルーンを入れたランタンは数メートル先までの様子を照らし出している。天井は僕の身長よりも優に高く、幅も数人が余裕で歩けるほど広かった。床も壁も頑丈そうな石造りで、崩落しそうな様子はない。

とりあえず奥に向かって歩いてみたが、いまのところ息苦しい感じはしないし、危険な魔物が潜んでいる気配もなかった。

(――けど、トラップはあるかもしれない。できるだけ慎重に進もう)

僕はランタンを前にかざして歩きながら、床や壁に怪しい箇所があれば鞘先で叩いたりしてみた。存在そのものが秘匿された、領主専用の脱出路に罠《わな》を仕掛ける必要性は薄い気がするが、念のためだ。結果的に進む速度が遅くなったとしても、それはやむを得ない。

もちろんロープなど探索用の装備は持ってきているし、重大な障害があれば引き返すつもりだ。再起前提での一時的な撤退なら、【契約】のルーンも文句は言わないだろう。

僕は壁に等間隔に【灯かり】のルーンを刻みつつ、さらに奥へと進んだ。

（だいぶ歩いたな。ここは街のどの辺だ？）

ここまではまっすぐな一本道で迷う余地はなかった。しかし気になるのは、通路が微妙に地下に向かって傾斜していることだ。エイギーユの城は街の中央の丘に立っていて、城に行くなら墓地区画から見て「上」に進まなければならないはずなのに、この通路はより深い地下へと続いている。

足を止めて見上げたところで目に映るのは灰色の石の天井だけだが、墓地区域はとっくに抜けているはずだ。なんとなく、あの岩人《いわびと》の鍛冶《かじ》屋が店を構えているあたりだろうか。

普段何気なく暮らしている街の足元にこんなものがあるなんて――と思いかけてから、いままでさんざん、この世界に来る前は想像もしていなかった事態に遭遇してきたことを思い出した。竜に追い回されたりしたのに比べれば、秘密の地下通路ぐらいはなんでもない。良くも悪くも、こっちに来てから開き直る度胸が身についた。

そして、さらにしばらく歩いてから発見したものを見て、僕は思わず声を漏らした。

「扉か……」

通路の行き止まりは広くなっていて、そこには墓地で見たのより大きな、同じ質感の石の扉があった。その中央にはエイギーユ家の紋章が刻まれている。

出口かと思ったが、城にたどり着くにはまだ早い。

僕はその扉を入念に調べてから、セラフィナから預かった指輪をかざした。

「こいつもこれで開くのか……」

魔法的な装置が作動し、石の扉が中央で割れて左右にスライドしていく。いよいよ何かが出てきそうな空気に、僕は深呼吸しながら後ずさりした。

§

「ねえセラフィナ様、その秘密の通路ってモンスターとかはいないんですか?」

「えっと……実はよく覚えていなくて。本当に小さいときの話だったので。すみません。でも、そのころのわたしが無事だったくらいですから、アキミツさんならきっと大丈夫なはずです」

「……まあ、そう言われれば確かにそうかも」

メイド姿の美穂乃はセラフィナの姿を眺めつつ、彼女の言葉に同意した。現在でさえこんなにも頼りなく見えるのに、幼少期のセラフィナが通り抜けたという通路に危険があるとは思えなかった。

（それに少しくらい危なくても、秋光くんなら一人でなんとかするわよね……。「余計な心配だよ」とか、嫌みたっぷりに言われそう。……ていうかなんで私が秋光くんの心配しなきゃならない訳？　私だってこんな格好で頑張ってるんだからね。お互い様だって話よ）

美穂乃がいるここはセラフィナの私室である。

セラフィナはラドリムによって行動を制限されているとは言え、身の回りの世話をするメイドまで彼女との接触を禁じられている訳ではない。

司のことを想像して一人で腹を立てていた美穂乃に、セラフィナが声をかけた。

「ミホノさん。本当にアキミツさんは、わたしをここから連れ出すつもりなのでしょうか」

「……ごめんなさい。私たちの事情にセラフィナ様を巻き込んで」

「いいえ、それは気になさらないでください。ご家族を助けたいというミホノさんのお気持ちは、わたしにも良くわかります」

セラフィナは美穂乃を励ますようにそう言った。

「そうですね。わたしも、できることならミホノさんたちのように……」

「セラフィナ様？」

「ラドリム叔父《おじ》さまも、昔は優しい方だったんです。お父様とお母様が生きていて、わたしが小さかったころは、本当にお世話になったんです。……なのに、いつの間にかこんなふうになってしまいました」

セラフィナの微笑《ほほえ》みは幾分か自虐的で、寂しげなものが混じっている。どうかすると幼く見える彼女だが、こんな表情ができるということは、やはり領主であるということは自分には想像できない大変さがあるのだろうと美穂乃は思った。

美穂乃が黙り込むと、「愚痴《ぐち》を言ってしまいましたね」とセラフィナは言った。

「でも、ミホノさんにはアキミツさんみたいに頼りになる方がいて羨ましいです」

「なっ――」

「立ち入ったことでなければお聞かせください。お二人はどういうご関係なのですか？」

「か、関係？　関係って、それはその……」

美穂乃は説明に迷った。うなじが汗ばみ、顔に思わず血が上る。彼女がいつも司としていることを思えば、そうなるのは無理もない。しかしセラフィナが悪意なしに尋ねているのは明らかだったので、怒ってごまかすこともできない。

「ミホノさん？　どうして赤く……？」

「なんでもありません。私と秋光くんは単なるクラスメイトです」

「『くらすめいと』ってなんですか？」

「ああ、そこは翻訳されないいんだ。え～っと、そもそも私と秋光くんは、生まれたころから隣の家に住んでてですね」

「わかりました。つまり幼馴染《おさななじみ》ですね」

——幼馴染。セラフィナがその単語を口にした拍子に、美穂乃の心の奥で何かが痛んだ。この世界で再会したときの司が、その言葉を都合よく使うなと怒っていたのを思い出したのだ。

実際に美穂乃は、この世界に来て妹があいう状況になるまで、自分と司が幼馴染であることをほとんど忘れかかっていた。

美穂乃たちが召喚された城から姿を消した司が生きていて、しかも以前とは全く違う性格になっていた。暗い表情で皮肉ばかり言い、他人を信用せず利用することを考え、敵対する者には容赦しない。それは美穂乃の記憶の中にある秋光司とは違う別人だ。

——今なんて言った？　幼馴染だって？　……ふざけたこと言うのもいい加減にしろよ？

この街で再会した当初、司は美穂乃にこう言ったのだ。不信と怒りに満ちた目で美穂乃をにらみつけ、大声で罵倒した。美穂乃はそれに腹を立てたが、それは正しかったのだろうかと今さら思う。

——身勝手にもほどがあるだろ。今まで僕のことを忘れてたクセに、自分が苦しいときだけ、そんな言葉を使って僕のことを頼るのか？　お前たちがこの世界でどうなろうと僕の知ったことじゃない。せいぜい苦しんで野垂れ死にすればいいんだ。

　少なくとも、自分は彼が怒る理由を知らない。美穂乃は目を閉じると、セラフィナの言葉を否定するように首を振った。

「え、でも……」

「……幼馴染じゃありません」

　美穂乃はもう一度首を振った。次に目を開いたときには、彼女の顔には悲しげな微笑みが浮かんでいた。

「昔はそうだったかもしれないけど、それからずっと疎遠でしたから。単に近所に住んでいて、一緒の学校に通っていたっていうだけです。──学校ってわかりますか」

「わかります。人間の王国では最近そういうものを作り始めているそうですね。エイギーユ領でもそういう施設があれば良いのですが、なかなか賛成してもらえなくて」

「……セラフィナ様は本当に優しいんですね」

「いえ、お父様の跡を継いでから、何一つ領民の皆さんのためになることをできていません。本当に無力で申し訳ないです。けど──」

　──たとえ叔父様の言いつけに逆らうことになっても、ミホノさんたちとの約束は果たしたいと思います。

セラフィナは決意した表情でそう言った。

§

「――クソッ、何体いるんだよこいつら！」

僕は握った剣を振り回して目の前の相手に叩きつけると、走りながら文句を言った。地下通路の扉の先で、僕は魔物と戦っていた。

やっぱりセラフィナは僕をハメるつもりだったのだろうか。ひょっとして美穂乃もセラフィナに丸め込まれているのだろうか。そういう疑念が頭をよぎるが、とにかくいまは戦うことが優先だった。

「どけってんだよ！」

僕の剣が敵に当たると、そいつの一部が乾いたカラカラという音を立てて弾《はじ》ける。

いま僕が戦っているのは歩く骨の魔物――いわゆるスケルトンである。

(城の――街の地下に不死者《アンデッド》が棲《す》み付いてるなんて聞いてないぞ)

絶対に何もいないという保証はなかったのだから、これは単なる八つ当たりだ。しかしそうやって当たり散らしたくなるくらい、地下通路のあちこちに敵がいる。ここは本当に、とことんまでクソみたいな世界である。

元の世界とは異なる法則を持ったこの世界では、死体が起き上がって生きている者を襲うくらいのことは普通だった。ファンタジーなんてクソ食らえだ。

（ここはもう墓場の下じゃないはずだろうが！　どうしてこの数のアンデッドが!?　どっから湧いてるんだ！）

しかしいくらデタラメなこの世界でも、無から有は生じない。通常不死者《アンデッド》は、管理の行き届かない墓場とか昔の戦場跡とか、いずれにせよ死体が存在する場所に出現するものだ。

スケルトンは一体一体はかなり脆《もろ》いが、壊し方が中途半端だと上半身や下半身――最悪腕や脚だけでも這いずって動く厄介極まりない魔物だ。そのうえ時間経過と共に数が増えている。いくらぶっ壊してもきりがなかった。

幸いスケルトンは動きが鈍い。走れば十分振り切れる。

さっきエイギーユ家の紋章が刻まれた扉をくぐってから、地下通路の様子は一変していた。具体的にはこうやって不死者《アンデッド》が出現するようになり、道が一本道じゃなくなった。道幅自体もぐっと広くなっている。加えて真ん中が溝になっており、単なる通路というより下水道を想起させる雰囲気だ。

これだけ大規模な地下施設を、抜け道目的だけで作った訳がない。もしかして、いま僕がいる施設があったところに、あとから抜け道を付け足したのか。

「また来たか……」

ありがたいことに、久々の来客である僕をスケルトンたちは歓迎してくれている。彼らの仲間になれと、さっきから熱烈な勧誘を受けていた。もううんざりだ。

（どうする。いったん退却するか）

僕は少しだけ迷った。スケルトンは不死族の魔物の中では下級の存在だ。まだ心の中で軽口を言う余裕があるうちに出直すのも手だ。渓谷地帯のときと違って、引き返すことはそれほどのリスクにならない。

しかし――。

（行けるところまで行こう。……もうこれ以上、こんな下らないことに時間をかけたくない）

頭の中に、ベッドで寝ている志穂乃の青白い顔と、その志穂乃を助けてくれとみっともなく縋《すが》り付いてきた美穂乃の顔が浮かんだ。

早いところこの茶番を終わらせよう。そして責務から解放され自由になりたい。

もう他人に振り回されるのはこりごりである。

その気持ちのほうが、僕の中でわずかに勝った。

「ふう……」

息を整え剣の柄《つか》を握り直し、まだまだ自分に体力が残されていることを確認すると、僕は自分から、こちらに近付いてくる骨の魔物たちのほうへと足を踏み出した。

(2)

これだけ不死者《アンデッド》がひしめく通路を使って街まで抜け出すなんて、小さいころのセラフィナは案外お転婆《てんば》なお姫様だったのかもしれない。僕は領主というには迫力の足りないセラフィナのぽわぽわした外見を思い出しながら、ランタンを掲げて暗い地下通路を走っていた。

墓地と城を直線でつないだ長さどころか、既にエイギーユの街を一周する程度の距離をジョギングした。しかもインターバルに動く骨の魔物と戦うというおまけつきだ。

「いい加減にしろよ！」

敵を引き寄せる懸念より、大声で愚痴りたい気持ちが勝る。戦いも撤退の仕方も段々と雑になって、【爆破】のルーンを刻んだ魔鉱石を気軽に使ってしまっていた。

だが、そうしてルーンを浪費せざるを得ない理由もあった。

「ッ――!!　またあいつか!?」

僕の周囲の空間が冷えて背中に悪寒が走るのは、スケルトンより手強い魔物が近辺にいる証拠だ。実態のない浮遊霊のようなアンデッド。さっきからこいつが執拗にまとわりついてくる。

腰を落として剣を構えると、真後ろから金切り声が聞こえた。

「クッ!?」

振り向きざま剣で斬り払ってもほとんど効果がない。半透明な皺《しわ》くちゃの手が肩に触れて、身体の芯まで凍るような冷たさに襲われる。

僕は【爆破】のルーンを空中に投げると、両手で後頭部を守りながら倒れ込んだ。音と光が地下空間の一角を揺らし、僕の身体に瓦礫《がれき》が降り注いだ。

「はあ……っ、はあ……」

それで幽霊はどこかに行った。

僕は立ち上がり、再び走り始めた。あの大きな扉をくぐってから地下の様子はまたも一変していたが、それに見惚《みと》れる暇もない。

いま僕が走っているのは巨大な空洞だ。天井も壁も、僕の手に届くところにはない。

ここはエイギーユの街の地下に階層状に作られた墓地……というよりも地下都市だった。

しかしいまはとにかく忙しい。「街の地下にこんなものがあるなんて」とか感嘆している暇があったら、とにかくさっさと出口を見つけたい気分だ。

遥か下のほうで大量の水が流れる気配がする。リエラが言っていた、渓谷地帯のダム遺跡を破壊した影響で川の通り道が変わった話とか、大家さんの物置の床下から聞こえる音の件などがちらほらと思い浮かぶ。

でもそんな些細《ささい》なことよりも、セラフィナにたどり着くのが最優先だ。

なんてことを考えていると、前後を敵に挟まれた。

このあたりの地面には色々な瓦礫が落ちている。破壊された手すりの一部みたいな棒状の瓦礫を手に取ると、【鋭利】のルーンを刻んで投げ槍のように投擲《とうてき》した。前方のスケルトンを破壊し、背後のやつに向きなおる。一応は頭の中にある地図に従って城の方角に向かっているつもりだが、戦って倒して、いつになったら終わるのか。

いっそ武器を放り投げて死を受け入れてしまったほうが楽になれそうなのに、こちらに来るまで、自分がこんなに生き汚い性格だとは知らなかった。

（そう思ったら、僕もこいつらと同じなのかもな……！）

どこから湧いているのか、数を増やすスケルトンをかき分けるようにして進む。

ときに物陰に身を隠して、浮遊霊に見つからないよう地面を這いずる。

いまごろ志穂乃は家で一人、死にかけの身体で喘いでいるはずだ。美穂乃のやつも城で心細い思いをしているに違いない。——もちろん、僕にとっては他人のあいつらが死のうが生きようが知ったことじゃない。知ったことじゃないけれど……そう、僕の苦しみを思い知らないうちに、勝手に死んで楽になられるのだって胸糞悪い話だ。

だから普通なら引き返すところを、僕は踏ん張って耐えているのだろう。

それから何度か不死者《アンデッド》の群れを切り抜けると、いつの間にか周りに敵はいなくなった。

狭い通路に入って、上りの階段がひたすら続いた。

「はぁ、はぁ、はぁ。——ぐッ」

顎《あご》の先から滴り落ちる汗をぬぐい、疲労が溜まった両脚を動かした。

最近、戦うときは美穂乃と一緒だったから、踏み込んでいいラインを見極める目が、知らず知らずのうちに甘くなっていた気がする。

あいつがいればもう少し楽に戦えたかもしれない。そう思っていると、階段の突き当たりに石の壁が現れた。

「行き止まり……いや、ここが出口か？」

そしてここにもエイギーユ家の紋章があった。セラフィナの指輪をかざすと、魔力の装置が反応した。

「……また壁？」

開いた石壁の向こうには、また新たな壁があった。それが僕の行く手を阻んでいる。

新しく出てきた壁は、この地下でここまで目にしなかった木の素材だった。想像するに、使われていなかった秘密の出口を、誰かがそれと知らず後から新しい壁で塞いだのだろう。

一通り撫でたり押したり、耳を当てたりしてみたが、それほど分厚い壁じゃない。その気になれば【爆破】のルーンを使わなくても自力で破れそうだ。

「よし」

僕は少し後ずさると、勢いをつけて肩からその壁にぶち当たった。

行けそうだ。

三回ほど体当たりすると、その壁が不意に消えた。

四回目の体当たりを空振りした僕は、もんどりうって前に倒れた。

「くそ……急になんなんだよ」

「秋光くん？」

聞き飽きた美穂乃の声に重なって、「アキミツさん？」というセラフィナの声が聞こえた。

明るい室内に僕の目が慣れると、そこには付け角をつけたメイド姿の美穂乃と、エイギーユ領主のセラフィナがいた。

僕が木の壁と思っていた物は高級そうなクローゼットの裏面で、それをどかしたのが美穂乃の馬鹿力だったということがわかった。

（3）

「秋光くん、来るなら来るって前もって言ってよね」

「美穂乃、ここはどこなんだ……って聞くまでもないか」

目を丸くしている美穂乃の前で、僕はつぶやいた。

ヨーロッパの年代物のホテルとかにありそうなアンティーク調の部屋だ。――まあ、骨董品《アンティーク》

もクソも、これがこっちの世界の素《す》な訳だが。

　エイギーユ城の中で僕が実際に足を踏み入れた経験があるのは謁見の間までだ。その奥には一度も入ったことがなかった。従ってこの部屋が城内のどこに位置するのかは不明である。だがセラフィナがいる以上、ここが彼女の部屋であることは間違いない。

「急にクローゼットの裏から音がしてびっくりしちゃった」

「こっちはいきなりクローゼットが消えてびっくりしたよ」

「どこか怪我した？」

「いや」

　僕は大きく息を吐いた。荒れていた呼吸が収まり、冷静な思考も戻ってきた。

「じゃあここがゴールってことだな」

「……大丈夫そうね。いい加減あなたのそういうのにも慣れてきたわ」

「ふん、誰のためにこっちが苦労してると思ってるんだよ」

　僕はそう言いながら剣を鞘に納めた。すると、視界の端にあるセラフィナがほっと息を吐いた。いったいなんだと思ったが、剣を持った男がいきなり家具を倒して侵入してくれば、貴族のお姫様でなくとも不安になるだろう。

　僕は初対面のとき以来、セラフィナの前では誠実な正義感ある振る舞いを心がけてきた。それはこの世間知らずなお姫様に取り入って、この世界での後ろ盾を得るためだ。なのに、いまの美穂乃とのやり取りを見られたのは不味《まず》かったか。そんな思考を押し隠し、僕は柔和な微笑みを浮かべた。

「セラフィナ様、驚かせてしまって申し訳ありません。ですが、こうするしかセラフィナ様に会う方法がなかったんです。お許しください」

だが、これで取り繕うのは無理があるか。

セラフィナの表情にも、僕に対する不審の色が浮かんでいるように思える。

僕が何を言うか迷っていると、部屋のドアの向こう側からノックの音と声がした。

「セラフィナ様、先ほど響いた音は、この部屋からだったと思ったのですが……」

恐らく警備の城兵だ。声は、「入ってもよろしいですか」と尋ねている。

僕はとっさに、さっき鞘に納めた剣の柄に手をかけた。

すると――。

「なんでもありません！　入らないでください！」

大きな声を出したのはセラフィナだった。

「今着替え中で……あやまって椅子を倒してしまったんです。だから大丈夫です。入らないでください」

「椅子を？　いやしかし、それにしては妙な……」

「本当に大丈夫ですから。心配してくださってありがとうございます」

セラフィナはドア越しに、「遅くまでご苦労様です」と城兵を労った。主人にそこまで言われてしまえば、無理に押し入る訳にはいかないだろう。たとえこの兵が、セラフィナを守るために配置されているのではなく、むしろセラフィナが妙な気を起こさないかラドリムの命令で監視しているのであっても。

「セラフィナ様、どうか早めにお休みください」

「わかっています」

会話が終わってからも、しばらく外には兵の気配がした。

それがようやくなくなって、僕らは一斉に息を吐いた。

「はあ、どうなるかと思ったけど……」

美穂乃がこちらを見たときには、僕は抜きかけた剣を鞘に戻していた。それでも美穂乃は何かを懸念するように眉をひそめた。

僕は美穂乃の視線を無視し、セラフィナに話しかけた。彼女に僕を不審者として突き出す気があるのなら、さっきそうしただろう。

「セラフィナ様」

「はい、アキミツさん」

「志穂乃の容態があまり良くありません。時間がないんです。前にお願いしたことを叶えていただけますか」

「もちろんです」

「一応、指定された薬の材料は全部ここに持ってきましたけど……」

「……いえ、ミホノさんからお聞きになったと思いますが、調薬に必要な道具がここにありません。それに確実に効果のある治療薬《ポーション》を作るためにも、直にシホノさんを診たいです」

「じゃあ――」

「はい、連れていってください。シホノさんのところに」

僕は頷くと、美穂乃を呼んだ。

「何？」

「僕がセラフィナ様を連れ出してるあいだ、ここで身代わりをやってくれ。さっきみたいに見回りが来るかもしれないし、いくらなんでも部屋を空っぽにする訳にはいかない」

「……わかったわ。それしかないなら」

嫌だと文句を言うと思ったが、美穂乃は僕の目を見たままそう言った。

「私とセラフィナ様じゃ身長が違うけど、ベッドでお布団被ってたらごまかせるわよね。――けど、あんまり長くは無理よ？」

「明日の朝まで時間を稼いでくれたら十分だ」

志穂乃の治療薬《ポーション》を手に入れるため、これまで散々あちこち走り回らされた。もう無駄足は踏みたくない。幸いにもセラフィナは乗り気だ。そうしなければならないと言うのなら、多少のリスクは受け入れて、このまま彼女を外に連れ出してしまおう。

セラフィナを連れて地下通路に戻ろうとした僕は、そこで美穂乃を振り向いた。

「そうだ、忘れてた」

「はいはい、まだ何かある訳？　このクローゼットのことなら、私が元通りにしておけばいいんでしょ？」

「いや、違う。それもあるけど、それよりいまお前が着てる服をセラフィナ様に貸してくれ」

「…………」

「あのドレスのままだと街で目立つだろ。メイド服のほうがいくらかマシだ」

僕がそう言うと、美穂乃は大きくため息をついてこう言った。

「……着替えるあいだは部屋から出ててよね？」

§

「それじゃあセラフィナ様に怪我させせないように気を付けなさいよ」

全ての用意が済むと、美穂乃は言った。

「ああ、こっちはお前に任せたからな」

「うん」

「セラフィナ様、行きましょう」

「はい」

僕は、暗い通路に足を踏み出すのをためらったセラフィナに手を差し出した。

「ありがとうございます、アキミツさん」

これでセラフィナに薬を作ってもらい、志穂乃の病気が治れば、全てが丸く収まる。

そう、全てが。

しかし本当にそうだろうか。

たとえそうなったとしても、僕らがこの世界に囚われたままなのは変わらない。重要なことは、何も解決していない。でもいまは、目先の目標だけに向かって行動することに決めた。

そこで美穂乃の声が、「司」と僕を呼んだ。

「志穂乃のこと、お願いね」

「……ああ」

美穂乃に背中を見送られて、僕とセラフィナは、隠し通路の中に入った。

「これ……わたしが住んでいたお城の下に、こんなものがあったなんて知りませんでした」

地下に入ると、セラフィナは圧倒された声を出した。石壁に囲まれた一本道の通路を抜けて、階層状に地底まで続く街を目にしたとき、セラフィナが口にしたのがいまの台詞《せりふ》だ。

魔族は夜目が利くから、ランタンの灯かりが届くよりも遠くまで見えているはずだ。だから余計に驚いたのだろう。こんなものを目にすればそれは当然だ。――しかしそう思う反面、美穂乃から聞いていたことと矛盾がある。

「……セラフィナ様はここを使ったことがあるんですよね？」

「す、すみません。お城を抜け出したのは、本当に小さいころだったので、よく覚えて……。あ、でも」

「でも？」

「城下町からお城に戻ろうとしたときにオバケに追いかけられたのと、帰ってからお父様に物凄く叱られたのは覚えています」

「……なるほど」

子どものころのセラフィナも、きっちり地下街の不死者《アンデッド》たちに出くわしていた訳だ。するともしかしたら、通路の入口をクローゼットで塞いだのは、娘が危険な目に遭ったことを知ったセラフィナの父親だったのかもしれない。

「あ、あの、アキミツさん。ひょっとしてわたしのことを怒っていますか？」

「……僕が？　どうして？」

「いえ……ミホノさんと会話していたアキミツさんは、わたしが知っているあなたと、ほんの少し違うように思ったので……。すみません、こんなことを言われたら余計に腹立たしいですよね」

さっきからやけにおどおど卑屈な態度のセラフィナだが、考えてみればそれもそうか。

彼女は実の叔父さんの怒りを買ってあの部屋に軟禁されていたのだ。

すると僕と一緒に城の外に出ることを受け入れたのも、美穂乃の病気の妹を助けたいという善意からではなく、単純にセラフィナ自身が外に出たかったからなのかもしれない。

（なるほどね。けどそのほうがありがたいな）

初対面以来、僕はセラフィナの本当の人格がどんななのかを考えてきた。

典型的な高位魔族らしく振る舞おうと努力する、少し天然ボケの入ったお姫様。死んだ父親から領主を継いだばかりで、領民に対する思いやりはあるけれど、高圧的な叔父にやり込められて実際には何もできていない女の子。

だがそういった印象は、全て周囲を油断させるための計算高い偽りである可能性も大きい。

——少なくとも、僕らをこの世界に召還した彼女はそうだった。

恭弥も彼女も僕に教えてくれた。信じて後から裏切られるくらいなら、初めから疑ってかかったほうが楽なのだと。

セラフィナはセラフィナで、自分の欲望に従って動いている。だとしたらそっちのほうが、僕にとってはわかりやすくて助かる。——わかりやすく、僕自身の欲望のために利用することができる。

「怒ってなんかいませんよ、セラフィナ様」

改めて僕は、清々しい気持ちで微笑みを浮かべた。


その後も地下を脱出するまで警戒は怠らなかったが、幸いにも少数のスケルトンに遭遇しただけで、それ以上危険な魔物は出現しなかった。何よりも、おおよその道のりが把握できている分だけ、行きよりも気持ちがだいぶマシだった。

セラフィナのピンクブロンドというかストロベリーブロンドの髪色は、元の世界なら染めない限りあり得ない。瞳の形もよく見ると僕や美穂乃とは違う。とどめはもちろん、頭の上から生える二本の角だ。

いちいち離れないように指示するまでもなく、メイド服姿のセラフィナは、僕の後ろにぴったりとついてきていた。くっつきすぎて僕の革鎧の背中を掴んでいたのを、緊急時に動けないからやめてくれと、やんわりした言葉で言ったくらいだ。

しかし魔物を目にしても悲鳴を上げたりしなかったのは、彼女が生まれついてのこの世界の住人だという証拠な気がした。

それ以外にもセラフィナについて、さすが高位魔族だと思ったことが一つある。

ときおり建物の中に身を隠しながら、可能な限り戦闘を回避して進んだ。しかしそれでも戦いが避けられない状況になり、僕が物陰から前に出ようとすると、セラフィナが声をかけてきた。

「アキミツさん、少しお待ちいただけますか」

そう言ってからセラフィナが唱えたのは、不浄な不死者《アンデッド》系の魔物全般から身を守るための補助魔法だった。青白い魔力が、セラフィナの白い両手の周囲で魔法陣を形成する。セラフィナが、手をそっと僕の肩に押し当てると、その魔力が僕の身体に吸い込まれた。

「調薬以外の魔法は不慣れで、お見せするのは恥ずかしいのですけど」

セラフィナは謙遜したが、門外漢の僕でもわかる。いまの魔法の扱いには恐ろしく高度な技術が含まれていた。そもそも短く呪文を唱えただけで魔法陣が可視化するなんて、並外れた魔力の持ち主じゃないと不可能だ。

魔力の総量と出力。それと何よりどんな系統の「恩寵《ギフト》」を授かって生まれたか。魔法関連の能力は、知識や身体能力以上に才能がモノを言う。種族を問わず、一般的に王侯貴族はそれらが優れているらしい。

「あっ、なんとなく思い出してきました。ここ、前に通った気がします。あっちのほうが近道でした。――……あ、あれ？　行き止まりですね。……申し訳ありません」

そんなふうにセラフィナの曖昧さに振り回される場面がありながらも、僕らは地下通路の出口――つまり僕が最初に使った墓地にある入口へとたどり着いた。

「…………そと？」

僕に手を取られて、這い上がるように地下通路を出たセラフィナは、墓地の上に広がる空を見上げ、茫然としていた。

道のりにそんなに時間がかかった訳ではない。一見公園のようにも見える墓地区画の空には、まだ星が瞬《またた》いていた。

「……っ」

「セラフィナ様？」

何をぼやぼやしているのかと振り向いたら、セラフィナは僕に謝りつつうなだれた。

「ごめんなさい。久しぶりに外に出たので、なんだか……」

「…………」

セラフィナは目元を拭うと、ごめんなさいと繰り返した。

再び顔を上げたとき、彼女はかつてなく真剣な表情をしていた。

「こうやって城の外に出たのは久しぶりです」

「……それはラドリム様の言いつけで？」

「それもありますが、お父様の跡を継いでから、わたしはずっと領主の仕事に追われていました。……それを言い訳にして、領民の皆さんが実際にどんな暮らしをしているのか、それをこの目で見ようとしてきませんでした」

身体の隣で拳を固めたセラフィナのつぶやきには、自分を閉じ込めた肉親の叔父に対する恨みよりも、自身に対する不甲斐なさのようなものが透けて見えた。

「だから、ちゃんと見ないといけません」

「……早く行きましょう」

僕はセラフィナから目を逸らした。

「ええ、行きましょうアキミツさん。あなたとの約束を果たさなければ」

セラフィナが、自分の欲のために部屋の外に出たがったという僕の推測は間違っていなかった。——けどその欲望の形は、僕がこの世界に来てから見せつけられてきたものとは、大きく異なっていた。

（4）

墓地に着いてからさらに数十分後、僕とセラフィナは、この街で僕が借りている家にまでたどり着いた。

メイド服姿のお姫様は、同じような住居が並んだ路地の様子をキョロキョロと眺めている。ここに来るまでのあいだも、彼女はこんな調子でせわしなく目を動かして、ほとんどの住人が寝静まった深夜の街の様子を興味津々と観察していた。——その表情にさっき墓地で見たシリアスさはない。

街のほとんどが寝静まった時間帯でも、領主様が通りをうろついているのがバレたら騒ぎになる。そうならないようできる限り警戒して歩いてきたが、すれ違った住民が怪しむ素振りすら見せなかったのは、セラフィナの顔を知る者が、そもそも少ないからなのかもしれない。

「……ここがアキミツさんたちのお家《うち》ですか？」

「ええ、そうです」

「とても……素敵なお家ですね」

それはボロいとか狭そうという感想が透けて見える声色だった。

僕は玄関の扉を開けて、セラフィナを家の中に招き入れた。そこでもセラフィナは天井を見上げたり、床板や家具を眺めたりと忙しそうだった。

僕らは二階への階段を上った。そして志穂乃の部屋に入ると、その瞬間、ほわほわしていたセラフィナの顔が険しくなった。

僕が志穂乃を紹介する前に、セラフィナは僕の横をすり抜けて病人のベッドの傍《そば》に寄った。

「彼女が美穂乃の妹の志穂乃です」

「はい」

床に膝をついたセラフィナは、志穂乃の顔を真剣な表情で覗き込み、堂に入った手つきで熱を測ったり脈を取ったりしていた。

しばらくするとセラフィナは言った。

「台所をお借りします。それから何か髪を縛るものを」

「わかりました」

そのあと長い髪を後ろでまとめたセラフィナは、台所で薬の調合を始めた。僕は彼女に指示されるまま、井戸で新しい水を汲んできて、それを火で沸かし、他にもすり鉢やすりこぎなどの必要な道具類を提供した。

僕と美穂乃がギヴァの渓谷で採集してきた薬草類を、セラフィナはすり鉢で混ぜ合わせたり、鍋で煮たりしていた。それは途中まで、なんの変哲もない一般的な薬の調合風景に思えた。

しかし、セラフィナが口の中で呪文を唱え始めると、それが変わった。

数時間前、地下で彼女が魔法を唱えたときよりも、さらに大きく立体的な魔法陣が展開し、一階全体を明るく染めた。

僕は黙って彼女のすることを見ていた。

魔法陣が出ていたのはおよそ一分。それだけの時間で、セラフィナの顔は蒼白になり、一面に汗をかいていた。

「う……」

セラフィナはよろめいて、両手をついた。

小さな鍋の中では、紫と赤色のあいだを行ったり来たりする、不思議な液体が湯気を立てている。僕は疲弊しているセラフィナに頼まれて、その液体を陶器のカップに移し替えた。

「それをシホノさんに飲ませてください。本当は、冷ましてからのほうがいいのですが……。いえ、やっぱりすぐに飲ませましょう」

志穂乃の容体は、セラフィナにそう言わせるほど切羽詰まったものだったらしい。

「志穂乃、おい志穂乃。薬だぞ。目を開けて返事しろよ」

「無理やり飲ませてしまいましょう。身体を起こしてあげてください」

再び志穂乃の部屋に移動して、薬を飲ませるために志穂乃を起こそうとしたが、彼女は目を覚まさなかった。──一瞬、間に合わなかったのかと思った。でも、セラフィナによれば、意識を失っているだけだそうだ。

僕とセラフィナは、協力して志穂乃の上半身を起こした。腕で支える志穂乃の身体は、やけに軽かった。そして強引に口を開けさせて、薬の液体を口の中に含ませた。すると志穂乃の喉が動いた。

「飲んだ……」

「まだです。全部、最後まで飲ませてください」

「わかった」

最後の一滴が志穂乃の口の中に吸い込まれていくと、セラフィナは言った。

「これでシホノさんは治ります」

セラフィナは断言した。彼女の言葉には、僕が美穂乃に繰り返してきたみたいな、「たぶん」

とか「はず」とかいう表現はついていなかった。

いまのところ、志穂乃の様子に変化は生じていない。それでもセラフィナの言っていることは真実だと思った。

治る……っていうことは、志穂乃は死なずに済むのか。

不思議なもので、ちょっとくらいはほっとするかと思ったけど、なんの感慨も湧いてこない。

ただ、物凄く疲れた。

「お疲れ様でした、アキミツさん」

「え？　あ、ああ」

本当に、めちゃくちゃ疲れた。

セラフィナが見ていなければ、どかりと椅子に腰を下ろしたい気分だった。

僕が間抜けな顔でぼんやり志穂乃を眺めていると、セラフィナが言った。

「少し、部屋の外で話せますか」

「……？」

僕らは志穂乃の部屋を出た。廊下で話そうとしたが、セラフィナは、一階まで降りましょうと言った。先に階段を降りるセラフィナの背中を見ながら、僕は、朝までに彼女を城に戻さなければならないことを思い出していた。

しかし、それは難しくない。志穂乃の病気さえ治れば、僕らを追い詰めていた問題は、九割

ってことになる。志穂乃を助けるのは、あくまでも美穂乃と交わした契約のためであって、決して志穂乃のことが可哀想だからじゃない。——そう思っていたはずなのに、いまの僕は、酷《ひど》く安堵していた。

「アキミツさん」

リビングまで来ると、セラフィナは僕のほうを振り返った。

僕がもう一度礼を言おうとすると、彼女は、その言葉を真剣な声色で遮った。

「シホノさんは、どうして病気になったのですか?」

「どうして? さあ……」

それは以前、僕自身も美穂乃に尋ねたことがある疑問だった。しかし、あのときは有耶無耶《うやむや》に片付けて、そのまま忘れていたけれど……そういえば、どうして志穂乃は、ここまで厄介な病気にかかったんだ。

何しろ僕らを召喚した国のやつらも、柊のやつも、手も足も出ずに見捨ててしまうほどの病気だ。僕らがこの世界の外からやってきたから、この世界の病気に対して免疫がないとか、たぶんそういう理由で——。

「違います」

「え?」

「アキミツさん、シホノさんを苦しめていたのは、決して病気ではありません」

心なしか、セラフィナの唇が震えている。セラフィナは、その答えを口にしていいのか、一瞬迷ったようだった。

しかし、彼女は一度唇を引き結ぶと、低い声で告げた。

「毒です」

「…………え？」

「しかも普通の毒ではありません。入手方法が非常に限られた毒草由来の、即効性はありませんが、巧妙に病気に見せかけることのできる特別な毒薬です。あと少し遅れれば、シホノさんは間違いなく命を落としていたでしょう」

この子はいきなり何を話し始めたんだ。

病気じゃなく毒だって？

疲労のせいか思考が鈍っていて、セラフィナの説明に理解が追い付かなかった。

「アキミツさん、気をしっかりもってください」

大丈夫だ。

セラフィナに言われるまでもなく、僕は正気だった。

志穂乃だって美穂乃と同じだ。この世界でこんな状況に追い込まれるまで恭弥にべったり頼り切りで、もう一人の幼馴染である僕のことなんて歯牙にもかけなかった。

だから僕はもう、あいつらに向ける幼馴染の情なんて持っていない。何を聞かされようが動揺なんてするものか。

「……ふう」

「……アキミツさん？」

「大丈夫です、セラフィナ様。……そうですね、かなりショックだったけど、あいつらのためにも僕がしっかりしないと。……本当に大丈夫です。ちょっと考えさせてください」

この強がった力のない笑顔も、セラフィナに向けた演技に過ぎない。

でも、志穂乃が死にかけていたのは病気じゃなくて毒が原因ってどういうことだ。

まさかあいつは……恭弥はこのことを知っていたのか？

それともまさか……。

それともまさか、彼女が？

――ねえ、ツカサ。

――どうしてあなたは私を見てくれないの？

――こっちを見て？　ねえ、ツカサ。

そのとき突然背中を襲った悪寒が、強引に僕を振り向かせた。

「え？」

「アキミツさん、どうしましたか？」

「いま誰か、僕の名前を……」

「誰か？　ここにはわたしたちの他には誰もいませんけど」

「そう……ですよね。そうに決まってるよな」

セラフィナは、手の甲で顎下の汗を拭った僕の前で周囲を見回してから、きょとんと首を傾《かし》げた。二人とも黙ってしまったせいで、家の中はしんと静まり返った。

そしてセラフィナが再び口を開きかけたタイミングで、二階から異音がした。

「――ッ!?　志穂乃!?」

次の瞬間、僕は階段を駆け上がっていた。

§

「あっ、ぐうううう!?」

「志穂乃、どうした!?」

僕が勢いよくドアを開けると、志穂乃がベッドで尋常じゃない苦しみ方をしていた。志穂乃は胸を掻きむしり、長い黒髪を振り乱しながら荒い呼吸を繰り返している。

「はっ、あっ、うううっ！」

僕が志穂乃の傍に寄ったところで、セラフィナが追いついてきた。

「これは!? そんな、確かに毒素は消したはずなのに！ こんな急に容体が変わるなんてありえません！」

「おい志穂乃、しっかりしろ！ ——くっ!? 大人しく——しろって！ 志穂乃！」

さっきまで息も絶え絶えだったはずなのに凄い力だ。僕は志穂乃が暴れまわるのを、上から覆いかぶさるようにして無理やりベッドに押さえつけるのが精いっぱいだった。

志穂乃の爪が僕の二の腕に食い込んで、痛みと共に血がにじむ。

「がっ、ぐう!?」

「志穂乃、志穂乃!?」

志穂乃の首筋に浮かぶ血管が、毒々しい紫色になっているのが見えた。

いったい何がどうなってるのか、訳がわからない。

でもなんとかしなければ。

どうにかしなければ、このままじゃ志穂乃が死んでしまう。


——【契約】を守れ。その娘を死なせるな。

さっきから【契約】のルーンが耳元でやかましい。僕は大声で怒鳴った。

「うるさいんだよ!!　同じことしか言えないのか!!」

そんなことくらい、お前に言われなくてもわかってる。

何か僕にできることはないのか。せっかくここまで来たのに、何もできないのか。僕があいつなら――恭弥のクソ野郎なら、きっとこんなときでもなんとかするのに。

抱き着くように僕に縋り付いていた志穂乃の力が弱っていく。――ああ、死ぬんだ。志穂乃は死ぬ。無理だ、どこまで行っても非力な僕が、ここから何をしようと間に合わない。

「アキミツさん……？」

壁に張りついたセラフィナが、おののくようにつぶやいた。

「あなたのその印章《ルーン》は、いったい何を……」

それでどうにかなる確信があった訳じゃない。でも僕に残された方法は、この世界に来てから得たこの力しかなかった。

「志穂乃、僕を見ろ！」

「……！　司……ちゃん？」

「ああ、司だ！　志穂乃、助かりたかったら僕と【契約】しろ！」

こいつらが僕のもとに転がり込んできたのは、恭弥に頼れなかったからだ。この期に及んでも、僕はあいつの劣った代用品に過ぎなかった。それが間違いだってことを思い知らせるまで、お前ら姉妹が心の底から後悔するまで、死なせてなんてやるもんか。

右手のルーンから魔力が迸《ほとばし》る。

まるで僕の性格そのもののような、人の意志をねじまげ強制的に従わせるための歪《いびつ》な魔力だ。

「司ちゃん……」

最期の息が絶える直前、その魔力の光に照らされながら、志穂乃は僕との契約に同意する言葉を口にした。


しばらく経って魔力のうねりが治まると、志穂乃は僕の腕の中でぐったりとしていた。

「アキミツさん、いま何が……」

「…………」

僕は無言で志穂乃をシーツに横たえると、ベッドの傍から離れた。

「……セラフィナ様」

「は、はい」

「さっきの話、下でもう一回聞かせてもらえませんか?」

「で、ですがシホノさんが……――え?」

まるで死体みたいにピクリとも動かなかったが、志穂乃の呼吸は続いていた。

既に、志穂乃は発作を乗り越えていた。その顔は、発作が起きる前よりずっと、穏やかで安らかに見えた。

はだけた寝間着の胸元には、僕の右手にあるのと同じルーンが刻まれている。

僕はセラフィナの脇をすり抜けて廊下に出ると、階段を降りた。しばらくして、セラフィナが追いかけてきたのが音でわかった。

疲れていた僕は、食卓の椅子に腰かけると、セラフィナに尋ねた。

「毒って、どういうことですか？　志穂乃は病気じゃなかったんですか？」

「さ、さっき言った通りです。知識のない人には病気のように見えますが、あれは毒の症状です。間違いありません」

「…………」

「その毒はある草の球根を磨り潰して得られるものです。食事や飲み物に混ぜておくと、ゆっくりと肉体を蝕みます。その毒草は、大陸の南に生えていて……。簡単に手に入るものではないはずです」

「でもそれは、セラフィナ様の薬で取り除いたんですよね？」

「……はい」

「じゃあなんでそのあと、志穂乃はあんなに苦しんだんですか？」

思わず詰問するような口調になった。

セラフィナは僕の質問に答えられずに黙っていた。

「あ、あの、アキミツさん」

「……？」

「お身体は大丈夫なんですか？」

「もちろん」

「そんな訳……！」

セラフィナの顔が険しくなって、彼女は大きな声を出した。

「そんな訳がないでしょう!?　どういう方法かは知りませんが、さきほどのあれは――！」

「すみません、静かにしてもらえませんか。ほんのちょっとだけ寒気がするんで……」

「アキミツさん!?」

そんな毒を、誰が、どうして志穂乃に盛ったのか、その意味を考えなければならないのに頭が回らない。

やけに重くなった頭をテーブルの上に乗せようとしたら、身体全体が、バランスを崩してぐらついて、誰かがそれを抱きとめた。

僕を支えているのはセラフィナの細腕だった。

「くぅ……っ！　酷い熱……！　アキミツさん、気を確かに！」

ルーンを介して僕に従わせる【契約】を結ぶ代償に、志穂乃の身体を蝕む毒を肩代わりするなんて、やっぱり無理があったのかもしれない。

朝までにセラフィナを城に戻さなければならなかったりと、僕にはまだやるべき仕事が残っている。この世界には自分以外に信用できる人間なんていない。なのにこんな体たらくでどうするんだ。

「……え？　なんて……？　放っておいてくれって、そんなこと言ってる場合じゃないでしょう!?」

セラフィナは僕の耳元で怒鳴ってから、僕の身体をどうにかして肩に担ごうとしていた。

「アキミツさん、しっかりして！」

セラフィナはまだ大声を出している。

僕の意識は、その時点で途絶えた。

（5）

次に気付いたときは、窓の外から朝日が差し込んでいた。

寝たまま視線を動かすと、僕は自分の部屋のベッドの上にいた。もちろんその「自分の部屋」というのは、こっちの世界の自分の部屋のことである。

気を失う前に感じていた悪寒は消えていたが、全身の筋肉がガタガタになったようでまともに力が入らない。そのうえ少し頭痛もする。

この世界に来てからこうやって死にかけるのは何度目だろう。

でも、また死ななかったみたいだ。

半ば無理やり上半身を起こすと、それだけで息切れしてしまった。ほんのちょっと寝ていたくらいで我ながら大げさだ。息を整えてから僕が次にしたことは、武器の捜索だった。丸腰だと、不意に襲われても対処できない。

周囲を見渡そうとすると、隣に座っていた女と目が合った。

「お目覚めですか？」

その感情の希薄な声の主《ぬし》は、セラフィナでもなければ美穂乃でもなかった。――ましてや志穂乃の声でもない。

「リエラ……」

「おはようございます。今日はとても爽やかな朝ですね。アキミツさんも調子が良さそうで何よりです」

リエラは椅子をベッドの隣に置いて、斡旋所《あっせんじょ》にいるときのように背筋を伸ばして座っている。ただしいつもの片眼鏡《モノクル》は外していた。

「いきなり嫌みか……。どうしてリエラがここに？」

「状況から明白でしょう？　無茶をして倒れたあなたの看病です」

「セラフィナは？」

「頭を押さえていますが、頭痛ですか？　――ご心配なく。あなたが連れ出したお姫様は、自力でお城に戻りました。誰かが三日も寝ているあいだ、誰かが色々穴埋めをしておいたということさえ覚えていてくだされば結構です」

「三日？　なんだよそれ……」

記憶が混濁しているところにまくしたてられて、さらに頭が痛くなる。

「それでは私は帰ります。今日も出勤ですので」

「…………」

「今回の件は貸しだと思っていいのでしょうか？」

言葉こそ疑問形だったが、リエラは明らかに貸しだと思っている様子だった。

「では失礼します。お邪魔しました」

部屋を出がけにリエラがそう言った相手は僕じゃなく、入口に立っていた美穂乃だった。

「秋光くん」

「お前……城から戻ってきてたのか」

美穂乃はメイド服じゃなく、この街で調達した私服を着ていた。変装用の付け角も外している。改めて首を動かし周囲を見る僕の前で、美穂乃は大きなため息をついた。

「あなたが倒れてから三日経ったんだけど、覚えてる？」

「倒れたって？」

「その調子だと覚えてないみたいね」

こいつは何を言ってるんだ。倒れたっていうのは、なんの話だ。三日っていうのは、いつから数えて三日なんだ。美穂乃が嘘を言っていないことを確かめようとしたところで、ここには時計もカレンダーも存在しなかった。

「セラフィナはどこに……」

「リエラさんが言った通り、お城に戻ったわ」

「そんな……どうやって？」

「どうやってお前らだけでやったのかって？　確かにリエラさんにも手伝ってもらったけど、秋光くんがいなくたって、私にだってそれくらいできるわ」

美穂乃は怒っていた。――いや、こいつは僕の前ではほとんど常に不機嫌だったが、今日の怒り方はいつもと違う気がした。

「つまり、僕の力は必要ないって言いたいのか」

「いい加減にしてよね」

「うっ……」

一瞬、美穂乃の拳が顔面に飛んできそうな気がして、僕は怯んだ。

しかし美穂乃は僕を殴る代わりに、呆れたようにため息をついた。

「志穂乃は治ったわ。まだ立てるくらい元気にはなってないけど、食欲も出てきたし。……あなたのお陰よ」

「志穂乃が？　そうか……」

僕はセラフィナの治癒を受けた直後、志穂乃を襲った激烈な反応を思い出していた。身体の中で邪悪な蛇か何かがうねっているみたいな、およそ病気とも毒物によるとも思えないあれは、いったいなんだったのだろう。

だが、どうやらそいつはひとまず【契約】のルーンの力で相殺されたようだ。

志穂乃は死なずにすんだ。

改めてその事実を噛みしめてから、僕は言った。

「じゃあやっぱり僕は用済みってことだな。結局最後は役に立たなかったって訳か。……こんなとこにいないで、志穂乃の看病しに行けばいいだろ」

「いまは秋光くんのほうが酷い顔してるわ」

「…………」

「看病してあげるから、何があったのかは、後でちゃんと教えて」

美穂乃は確かに怒っていたが、その声には妙に優しい響きがあった。

何があったのか、ちゃんと教えろ。

それがどこまでを含む話なのかはわからない。でも——。

「……美穂乃」

「何？　お粥《かゆ》なら作ってあるわよ。――え、何？　きゃっ!?」

僕は美穂乃の腕を強引に引き寄せると、無理やり抱き締めた。

「あ、ちょっとやめて秋光くん！　起きたばっかりなのに――……ンっ」

「…………」

僕が美穂乃の唇を奪ったことに理由はない。

ただなんとなく、いまならそうできるかもしれないと思ったからだ。

今日まであれだけセックスを繰り返しても、僕と美穂乃がキスしたことはなかった。まだ恭弥のことを信じているこいつは、それだけは僕に許さなかった。

性器を挿入しながらでも舌を絡める訳でもない、単なる唇を重ねるだけのキスだったが、それを美穂乃が振りほどかなかったことで、これまでしてきたどんなことより、あいつに復讐してやった気分になれた。

――いや、あいつのことなんていまはどうだっていい。

未だに身体中ガタガタだったが、僕は突き動かされるように美穂乃をベッドに押し倒した。

「美穂乃……」

「司――やめてってば。んんぅ♡」

股の間に手を入れると、甘い声と共に美穂乃の腰が浮き上がる。愛撫しながら服を脱いで服を脱がせて全裸になる。

言うほど時間は経っていないのに、物凄く久しぶりにこいつとセックスする気がした。

「ああ……んっ♡」

「……めちゃくちゃヌルッて入ったな。こんなに濡れてるの初めてじゃないか？」

「だ、だって久しぶりなんだもん」

「久しぶりだったら濡れるのか？」

「あっ、あっ、ああんっ♡　動かないで司っ。私のアソコ、司のが入ってすっごくジンジンしてるのぉっ♡　あっ、あああっ♡♡」

これまで何回もセックスしてきたけれど、今日は一番オーソドックスな正常位で繋がった。

腰を掴んでピストンすると、蜜が溢れる美穂乃の割れ目を驚くほどスムーズに肉棒が出入りした。――しかし同時に快楽で目がくらむほど性器を締め付けてくる。

僕はすぐにでも射精してしまいそうになるのを我慢しながら、美穂乃のGスポットを突き続けた。美穂乃は背中を反らして乳房を揺らし、腹筋を波打たせて感じまくっていた。

「あっ♡　あっ♡　つかさっ♡　つかさぁっ♡」

寝込んでいた僕は当然として、こいつもここ数日ロクに身体を拭いていなかったのは、汗の匂いで一発でわかる。だがその匂いが、僕をやけに興奮させる。美穂乃の肌に付着した汗を舐《な》めとり乳首を甘噛みしてやると、喘ぎ声がさらに甲高くなった。

「美穂乃……！」

「うん、司っ♡　うんっ♡　ンっ♡　あンんっ♡」

美穂乃の腰を掴んでいた僕の両手は、いつの間にか美穂乃の両手と指を絡め合うように繋がれていた。そして美穂乃の両脚は、がっちりとホールドするみたいに僕の腰の後ろで組まれている。

「あっ、あっあっあっあっ♡　イっ♡　ぐううううぅッ!?♡♡♡」

ひときわ激しくベッドが軋み、折れるんじゃないかと思うくらい美穂乃の背骨が弓なりになる。僕は美穂乃のマンコの吸い付きに身を任せるように、こいつの奥の奥でザーメンを解き放った。

「つ、司っ、いっぱい出てるっ♡」

「ああ。一発出したくらいじゃ収まらないから、もっとするぞ」

「うんっ♡」

美穂乃は目尻に涙を浮かべてうなずいた。

僕は上から覆いかぶさるように美穂乃の唇を塞ぐと、貪るようなセックスを繰り返した。

それから何時間経っただろう。

溜まりに溜まった鬱憤を晴らすようなセックスを終え、僕と美穂乃は同じベッドに横たわっていた。一枚のシーツを二人で共有するだけじゃなく、僕の右手は美穂乃の頭を自分に引き寄せるように抱えていた。

美穂乃はイキまくったあとの気怠《けだる》い声でつぶやいた。

「志穂乃が治ったんだから、こんなのもういい加減にしなきゃ……」

「『こんなの』って、僕とのセックスのことか？」

「それ以外に何があるのよ……」

そんなことを言いつつ、僕が何発射精しても、もっともっとねだってきたのはどこの誰だろう。僕のチンポを咥《くわ》え込んで、騎乗位で打ち付けるように尻を振っていたのは美穂乃以外の誰でもない。

「こんな関係終わりにしなきゃ……。秋光くんとの【契約】は終わったんだから……」

僕は美穂乃が自分に言い聞かせる声を、果たしてそうだろうかと思いながら聞いていた。

僕がそう考えるのは、志穂乃が治ったにもかかわらず、美穂乃との【契約】の証であるルーンが消えていなかったからだ。それどころかルーンが内包する魔力は、前より一層濃くなった気さえする。

志穂乃を苦しめていたのが病気ではなく毒だったというのは何を意味するのか。それはわからないが、僕にとってとても嫌な予感がする。

（そう言えば美穂乃と【契約】したとき、僕は「志穂乃の病気を治すために協力する」って言

ったんじゃないな。「志穂乃を救うために協力する」って言ったんだ。……つまり、まだ終わってないってことか）

ルーンどうこうは関係なく、契約を結ぶときは良く考えたほうがいい。まさにそれを思い知った気分である。

しかし美穂乃にこのことを話すのはあとでも構わないだろう。秘密にしようって訳じゃなく、こいつが取り乱したりしないよう、タイミングを見計らいたい。だから僕は、いまは別の表現で、僕らの契約関係が続くことを美穂乃に教えた。

「終わりじゃないだろ。少なくとも、お前が僕に報酬を支払い終えるまでは」

「……うん。それはそうよね」

「…………」

「秋光くんに手伝わせたのは私なんだから、報酬はきちんと支払わなきゃ……」

美穂乃はそう言いつつ、その裸体をさらに僕に密着させた。

隣から安らかな寝息が聞こえ始めたのは、その直後だった。

§

松坂志穂乃は暗闇の中で目を覚ました。

気分はすっきりとしていた。

まだ身体に力が入らないが、少なくとも、ずっと彼女を苦しめてきた体内の重たい感じは消えていた。それと同時に、首元まで忍び寄っていた死の予感もどこかへ行ったようだ。

あの召喚の日まで、ごく普通の生活を送っていたはずなのに。自分が物語《フィクション》の存在でしかないと思っていた異世界を訪れ、そしてその世界で死にかけるとは思わなかった。その感想は、彼女の双子の姉や、幼馴染の少年が抱いたものとそっくり同じだ。

ベッドの上で時間をかけて身体を起こした志穂乃は、怯えた目で周囲の様子をうかがった。

志穂乃を脅かしていた「死」の気配はどこかに行ったが、完全に消えた訳ではない。いつかまた戻ってくるかもしれないと志穂乃は思っていた。

この世界に来てからの志穂乃の目には、他の人間には映らないものが映っている。――それは極めて稀な「恩寵《ギフト》」だと、志穂乃たちをこの世界に招いた彼女が言った。そしてそれこそが、志穂乃の傍に死を呼び寄せたのだ。

自分を助けてくれるのは誰なのか。暗闇の中で志穂乃は考えた。

「恭弥くん……」

志穂乃はそうつぶやいてから、自分の考えを否定するように、頭を抱えて首を横に振った。

志穂乃はベッドから裸足で床に降り立つと、ふら付く足取りで扉まで移動し、壁に沿って廊下を進み、一歩一歩階段を降りた。

病んでいたころの記憶はところどころ曖昧だが、ここが誰の家なのか志穂乃は知っていた。

他ならぬ志穂乃が、薄情にも記憶の片隅に追いやったはずなのに、そんな志穂乃を助けると約束してくれた幼馴染の少年の家。――彼ならきっと、志穂乃がどんなおぞましい力を持っていても見捨てない。

「司ちゃん……」

そうやって縋り付くように彼の名を呼び、その居場所を捜す過程で、志穂乃は耳にした経験のない声と音を聞いた。

「…………！　……！　…………!!」

ギシギシという家鳴りのような音と、やや粘着質な水音の混じった何かをぶつけ合う音。それと共にかすかに響いてくるのは、許しを請う女の悲鳴だった。

「ごめんってば司っ。ごめんなさいっ。こんなに謝ったんだからもう許してよぉ！」

「は？　許すも何も、僕は別に怒ってないさ。――で、ラドリムのやつに部屋に呼ばれてどうなったんだよ。もう一回最初から話してみな」

「何もなかったの！　絶対何もされてない！　ちょっと身体に触られて、キスされそうになったけどそれだけで――ンオっ!?♡♡　ぉ～っ～っ!?♡♡」

「触られた？　キスされそうになった？　それで何もなかったって言い張るつもりか？　ああ、お前はそういう女だよな。恋人でもない僕に犯されてこんなにヨガるビッチだもんな。――ふざけんなよ」

「ごめっ、ごめんなざいっ♡　ごめんなさいごめんなさいごめんなさいっ。だからもうイカせるのやめてっ。おチンポごつごつしないでっ。許してってばあ！」

それはいわば、メスがめちゃくちゃに壊される音だった。

歪《ゆが》んだ独占欲をむき出しにしたオスが、背後から抱え込んだメスの胎内を容赦なく掻き回し、自分が誰のモノなのかをそのメスに思い知らせる調教の過程だ。

そしてそのメスこそ、志穂乃の双子の姉にして、志穂乃にとってはコンプレックスの象徴である松坂美穂乃だった。

「お姉ちゃんと、司ちゃん……？」

ドアの隙間からその光景を覗いた志穂乃は、力なく床にへたり込んだ。

志穂乃は荒々しく姉を犯す司と、無様に、しかしとても開放的に絶頂を繰り返す姉の姿から目を離すことができず、そのまましばらくその光景を凝視していた。

弱っていたはずの心臓の鼓動が速まり、そこに浮かんだ紋様は、司の右手と美穂乃の下腹部に刻まれたルーンと同じ形をしていた。

Extra.3　異世界の英雄

その日、王都の空には中型の飛竜《ワイバーン》が舞っていた。

人間が飼い馴らせる種の飛竜は数が少なく、飛竜を駆ることのできる人間はさらに限られている。精鋭ぞろいの王国の騎士の中でも、それはほんの一握りだった。

翼を広げて滑空していた黒い飛竜は、やがて王城の中庭に着地した。整備された庭園のヘリポートのように開けた場所に、土煙を立てて飛竜が降りる。その背から地面に降り立った異世界の少年――柊恭弥は、爽やかな汗をぬぐった。

「――ふう、こんなもんかな。ちょっと予定のコースとはズレたけど、初めてにしては上出来だったんじゃないか？」

「上出来って……キョウヤさん、そんな軽く仰らないでください！」

恭弥を出迎えた騎士姿の娘は、驚きと呆れが半分半分の表情でそう言った。

「初めてであんなに乗りこなせる人なんて普通いませんから！　しかもこの子が初対面の人を背中に乗せるなんて……。この子は気難しくて、ずっと誰も乗せたがらなかったんですよ」

「へえ、そうなのか。全然そんな感じなかったけど」

恭弥はそう言いながら、飛竜の首筋をポンポンと叩いた。満足そうに喉を鳴らす飛竜を見て、騎士の娘はまた呆れた。飛竜の扱い以外にも、彼が腰に佩《は》いている鞘《さや》には、この国に伝わりながら誰も扱うことができなかった「聖剣」が納められている。

「さすが姫様に見いだされた異世界の勇者……ということなんでしょうか。……自信がなくなってしまいそうです。小さいころから訓練ばかりしていた私よりもお上手なんですから」

「ははは、そんなこと言わないでくれよ」

恭弥は気安い口調と笑顔で彼女を慰めた。それに対して、娘は口ごもり気味に礼を言いながら、ほんのり顔を赤らめた。

──彼女はこの王国では名を知られた騎士の家系に生まれ、その家始まって以来の優れた才を持つと噂されていた。これまでひたすらその才能を磨き、王家に忠誠を尽くすことだけを考えてきた彼女が、恭弥の前では単なる一人の少女になっていた。

「ああそうだ、こいつと行った向こうの丘に、こんなのがあったんだった」

「……花？」

「似合うかなって。前に怒らせたからさ。ずっとどうにかして謝りたかったんだ」

「あ……っ」

わざわざ異世界の人間の手など借りる必要はない。そもそもこんな礼儀のなっていない人たちは姫様に仕えるに相応《ふさわ》しくない。──初対面のときの彼女は、彼にそういうことを言ったのだ。それを思い出して、彼女はさらに顔が赤らむ思いだった。

恭弥は、そんな彼女に一輪の可憐な花を渡した。その拍子に、二人の手がほんの少しだけ触れ合った。

「ところで、俺に会うためにわざわざここで待っててくれたのか？　それならそれで嬉しいけど……」

「あ、そ、そうでした。姫様がキョウヤさんをお待ちです」

「……へえ、なんだろうな。また面倒な頼み事をされるのかな」

「キョウヤさん、また姫様のことをそんなふうに――」

「ああ、わかってる。他のやつの前じゃこんなこと言わないさ」

「……もう」

咳払いして表情を正すと、娘は言った。

「恐らく姫様は、魔族による侵攻の件でキョウヤさんにご相談なさりたいのだと思います」

「まあそうだろうな。……前線じゃかなり厳しいことになってるんだって？」

「はい。私もいずれ出陣を命じられるでしょう。姫様が仰る通り、魔族は我々人類にとって共通の敵です。なんとしても打ち滅ぼさなければいけません」

そう言った彼女の横顔には、相容れない異種族に対する敵愾心《てきがい》がみなぎっていた。

恭弥は中庭で娘と別れたあと、壮大華麗な城内を歩いた。その途中ですれ違った若く美しいメイドも、敬った態度で彼に頭を下げつつ顔を赤らめていた。彼は異世界から招かれた英雄の一人であり、これまでもその称号に相応しい才能と働きを見せてきた。そんな英雄に、娘たちが好意を寄せるのは当然のことだった。

彼がその気になれば、さっきの騎士の娘も居並ぶメイドたちも、モノにするのは容易《たやす》いことだ。そして実際、彼はこの世界に来てから大勢の娘と関係を持っていた。

彼は、彼が「英雄」でなければ侵入を許されない城の最上層にまで来た。

そしてバルコニーで、自分を捜していたという人物の姿を発見した。

そのドレス姿の少女――この国の「姫」は、この世のものとは思えないほど美しい髪をなびかせながら、バルコニーで風に吹かれ、物憂げな表情で街並みを見下ろしていた。

彼女の完璧さと比べれば、他の娘などいっそ石ころのように見える。

少年はしばらく離れた場所から眺めてから、姫に声をかけた。

「アリアーヌ、やっぱりここにいたのか」

「ああキョウヤ、お帰りなさい」

景色に目を奪われていたらしい姫は、恭弥を振り返って微笑《ほほえ》んだ。少年と一緒にこの世界に召喚された他の男子は、その微笑みを「天使みたいだよな」と言っていた。彼女は天使か女神のようで、頼まれればなんでもしてやりたくなると。

恭弥は微笑みを返しながら、「俺に何か用事があるって聞いたんだけど」と言った。

「――同盟？」

「はい。キョウヤたちの力を借りても、この世界の人類が一致団結しない限り、魔族による危機は乗り切れないと思って」

「確かにその通りかもな。――で、俺は何をすればいいんだ？」

「近々、周辺国の皆様をこの国にお招きします。キョウヤにはそこで、異世界の皆さんの代表として色々と手伝ってもらいたいのです」

「そういうことならわかったよ。任せとけって」

恭弥は異世界の英雄として、姫の頼みを請け合った。

そのあと彼らは、恭弥と共にこの世界に来たクラスメイトたちが、今どこで何をしているのかについて話した。それぞれが今の恭弥のように「任務」を与えられ、各地に散らばっている。

ただ一つ不思議なことは、その会話の中で、決して出てこない恭弥のクラスメイトの名前があるということだ。

「そう言えば、美穂乃と志穂乃の行方は？」

「残念ながら……」

「……そうか。まあ、美穂乃がいるから大丈夫だとは思うんだけどさ。何かわかったら教えてくれよな」

恭弥と「すれ違い」をして城を飛び出した姉妹のことは話題に出た。恭弥の口調も、彼女たちは、いずれは戻ってくるかもしれないという雰囲気だった。

しかし、召喚された直後に行方不明になった秋光司の名前は、話題に上ることがなかった。

そこに決して踏み込まないように、恭弥のほうが話を誘導しているように見えた。

§

「報告の続きを」

恭弥が去ったあとも、アリアーヌはバルコニーに残っていた。

恭弥がいなくなっても、いや、恭弥がいたときから、バルコニーには、アリアーヌ以外の誰かがいたのだ。

バルコニーに置いた椅子に腰かけ、さほど興味のない表情で街並みを見下ろしたまま、アリアーヌは独り言をつぶやいていた。——ほとんど動かなかった彼女の表情が変わったのは、そこにいる誰かとの会話の途中だった。

「失敗した？」

端整な眉の端がぴくりと動いただけだったが、それでも、アリアーヌの顔に作りモノではない感情が浮かんだのは、それが初めてだった。

「……どういうことです。あれが、私が与えた仕事に失敗するのは、これで二度目ですが。

……いえ、聞きません。あれには好きにしろと伝えなさい。それで身の振り方を考えるでしょう」

その言葉を最後に、アリアーヌの周囲に隠れていた気配は、どこかに行った。

正真正銘一人になってから、アリアーヌはうつむいた。

「……つまらないわ」

何もかもが灰色だ。

誰も自分のことを本当には理解《わか》ってくれない。

うつむいた彼女の顔は、この世界の全てに対して何も期待していないような、酷《ひど》く退屈そうなものだった。

第九話　目覚め

（1）

「志穂乃、入っていいか？」

「……あ、ちょっと待ってね司ちゃん」

僕がノックすると、そんな志穂乃の声が返ってきた。そしてしばらく間があってから、改めて「どうぞ」という声がした。僕は扉を開け志穂乃の寝室に入った。

志穂乃はベッドの上で上半身を起こしていた。さっきの間は、どうやら髪や寝間着を整えていたようだ。毒で瀕死のときには身なりなんかを気にする余裕もなかったのだから、それなりに順調に回復しているのだろう。

──いや、順調どころじゃない。

体内で回復を阻害していた要因が消えてから、市販の治療薬《ポーション》や栄養剤を買って与えると、志穂乃はめきめき健康を取り戻した。まだベッドに寝ているのは、起き上がって動くのを美穂乃が許さないだけだ。

「調子良さそうだな。安心した」

「司ちゃんのお陰だよ」

そう言って志穂乃は笑った。

僕はできるだけ優しい顔で微笑《ほほえ》み返し、ベッドの傍《そば》の椅子に座った。

「これならそろそろ外に出ても平気かもな」

「え……外？」

僕が外出を示唆《しさ》すると、志穂乃の表情に暗い影が動いた。僕はそしらぬ顔で言った。

「ああ、いつまでも寝てる訳にもいかないだろ。太陽を浴びたほうが健康にもいいだろうし。外はいい天気だから、散歩すると気持ちいいぞ」

「そう……だよね。うん、そうだよね」

間違いないと僕は思った。

志穂乃は何かに怯えている。この顔は、この世界にいる誰かが自分に危害を加えようとしているのを知っている人間の顔だ。

「おいおい、もしかして怖がってるのか？　大丈夫さ、異世界の街だからって別に絡まれたりしない。どうしても不安なら、僕が志穂乃の傍にいるから」

「司ちゃんが？」

「そうさ。それとも僕じゃ頼りないか？」

「ううん、そんなこと……」

志穂乃は首を振って否定した。

今のはかなり卑怯な質問だ。頼りになろうがなるまいが、こいつが頼れる人間は僕一人なのだ。たとえ消去法でも、それが事実だ。

ずっと遠いところから二人を見てきた僕だからこそわかる。双子の妹のためにあれだけ奮闘した美穂乃には悪いが、あいつじゃ志穂乃の相談相手にはなれない。

志穂乃にとって、美穂乃は好きな男を奪ったライバルだ。自分より優れていて、自分より注目され、見ないようにしてもすぐ近くにいるせいで嫌でも目に入る。まさに目の上のたんこぶだ。――僕にはそんな志穂乃の気持ちが良くわかる。

「なあ志穂乃、お前、美穂乃に言ってないことがあるんだよな？　美穂乃に話せないなら、僕に相談して欲しい。心配するなよ。僕ならお前をわかってやれる」

「…………」

「だって、幼馴染《おさななじみ》だろ？」

それは僕が誰かさんに裏切られる前に言われたのと、ほとんど同じ台詞《せりふ》だった。

いい加減認めてしまおう。秋光司は柊恭弥になりたかった。僕はこうして一番嫌いなあいつの真似をして、あいつに成り代わろうとしている。卑怯で惨めな存在だ。

（……けど志穂乃、それはお前も同じだよな？）

心の中で、僕は志穂乃に問いかけた。

松坂志穂乃が松坂美穂乃をどんな目で見ていたか、誰より僕が知っている。前に常にあいつの背中があって、そのせいで自分は表に出ることができなかった。志穂乃の中には、一皮剥《む》けばヘドロのような醜い劣等感がこびりついているはずだ。

僕は志穂乃に手を伸ばした。僕を見ている志穂乃の顔に、一瞬だけ、得体の知れないものを見るような不安の色が浮かんだ。——それでも志穂乃は、何かに魅入られたように僕に手を伸ばす。

言葉には出さないが、これもある意味【契約】だ。凝り固まった劣等感に縛られた者同士、日の当たるところに出るため手を結ぼうじゃないかという。

病気のどさくさに紛れてじゃなく、改めて自分の意志で手を取らせることに意味がある。

僕が差し出した手に志穂乃の手が重なると、僕は志穂乃を自分のほうへ引き寄せた。

僕は美穂乃にしたように、志穂乃の唇を奪った。

「司……ちゃん」

「たとえあいつが見捨てても、僕はお前を見捨てない。……だからお前も、僕には全部を話してくれるよな？　……僕の言うことを聞くよな？」

志穂乃は息を呑《の》んでから、やがて首を縦に振った。こいつの肩に乗せた僕の右手のルーンが、

それに反応するように淡く輝く。

こんな関係が歪《いびつ》なのは知っている。ルーンの力を利用して志穂乃の感情を弄《もてあそ》び、せっかく芽生えかけた新しい絆を自分からぶち壊すような真似をして。

そう、歪《ゆが》んでいるのは百も承知だ。しかしどんなに間違った道を進むとしても、信じた相手に崖から突き落とされることに怯えるよりは、初めから誰も信用しないほうがずっとマシだった。

次巻予告

「美穂乃には、【契約】のことは秘密にしろよ？」

【契約】することで、志穂乃を救うことに成功した司。
しかしセラフィナの口から志穂乃が病気ではなく、
特殊な毒に侵されていたと聞いた司は、
そこに彼らを召喚したアリアーヌの影を感じるが……？
なぜ志穂乃は毒を盛られることとなったのか、
そして志穂乃が抱える秘密とは――？

ハブられルーン使いの異世界冒険譚 3

2024年秋発売予定！

※発売予定は変更になる場合があります。

あとがき

このたびは『ハブられルーン使いの異世界冒険譚2』を手に取っていただきありがとうございます。作者の黄金の黒山羊です。イラスト担当の菊池政治先生をはじめ、今回も様々な方にお世話になりました。この場を借りてお礼申し上げます。

２０２４年は元旦から様々な事件があり、被害に遭われた方々のことを思うと大変痛ましい気持ちになります。曲がりなりにも創作にかかわる者として、作品を通じ少しでもそうした方々の慰めになることができればと思っております。

さて、ちょっとダークなファンタジーとちょっと（？）エロなファンタジーを両立するのが当作の目標でございますが、皆様はエロのエロさを際立たせるのに最も必要な要素はなんだとお考えでしょうか。

当然その答えは様々でしょう。しかし黒山羊が思うに、それは背徳感だと思うのです。他の言い方をすると一種の「暗さ」です。爽やかさとは縁遠いドロドロとした欲望です。純粋なイチャラブも決して悪いものではない……しかし私は暗い欲望に突き動かされてエロに走る主人公が見たいのですね。

ここまで読んでくださった皆様にはおわかりでしょうが、司くんはイキがっているだけの小物です。色々捨てきれず冷酷にもなりきれない中途半端な男です。でもだからこそ私は彼を主人公にしたいと思うのです。

司くんが当たり前の欲望を備えた当たり前の少年だから、私にとって彼の物語は他人事ではなくなるのです。

司くんがどんどん転げ堕ちていくのか、それとも善良さを取り戻すのか、正直なところ私にも全く分かっておりません。ほんのちょっとしたきっかけで、どちらにも転び得るのが平凡な人間だと思います。そして司くんは平凡な人間の代表なのです。

仮に司くんが転げ堕ちるとしたら、巻き込まれて堕ちるヒロイン……ああ、そういうのもエロいですね。

今回のラストで志穂乃が目覚めてヒロインが増えました。もちろん志穂乃は美穂乃とは違う能力・違うストーリー上の役割を持っています。そしてきっとエロシーンの趣向も美穂乃とは異なるものとなるでしょう。皆様にはぜひそれを楽しみにしていただけると嬉しいです。

それにしてもあとがきでもエロの話ばっかりですが、果たしてこれでいいのだろうか。ただでさえ全年齢なのが不思議なエロさなのに……。

まあいいか。

とにかく、読者の方々に喜んでいただけるようこれからも微力を尽くしてまいりますので、どうか応援よろしくお願いいたします。

ファンレター、作品のご感想をお待ちしています!

【宛先】
〒104-0041
東京都中央区新富 1-3-7　ヨドコウビル
株式会社マイクロマガジン社
GCN文庫編集部

黄金の黒山羊先生 係
菊池政治先生 係

【アンケートのお願い】

右の二次元バーコードまたは
URL（https://micromagazine.co.jp/me/）を
ご利用の上、本書に関するアンケートにご協力ください。
■スマートフォンにも対応しています（一部対応していない機種もあります）。
■サイトへのアクセス、登録・メール送信の際の通信費はご負担ください。

GCN文庫

ハブられルーン使《つか》いの
異世界冒険譚《いせかいぼうけんたん》 ②

2024年3月25日　初版発行

著者　黄金《おうごん》の黒山羊《くろやぎ》
イラスト　菊池政治《きくちせいじ》

発行人　子安喜美子

装丁　森昌史
DTP／校閲　株式会社鷗来堂

印刷所　株式会社エデュプレス

発行　株式会社マイクロマガジン社
〒104-0041　東京都中央区新富1-3-7　ヨドコウビル
［販売部］TEL 03-3206-1641／FAX 03-3551-1208
［編集部］TEL 03-3551-9563／FAX 03-3551-9565
https://micromagazine.co.jp/

ISBN978-4-86716-548-5 C0193

GCN文庫

「美人でお金持ちの彼女が欲しい」と言ったら、ワケあり女子がやってきた件。

「美人でお金持ちの彼女が欲しい」と言ったら、ワケあり女子がやってきた件。
When I said "I want a beautiful and rich girlfriend," A girl with her own reason came to me.
小宮地千々
イラスト：Re岳
GCN文庫

ある日、降って湧いたように始まった——恋？

顔が良い女子しか勝たん？　噂のワケあり美人、天道つかさの婚約者となった志野伊織（童貞）は運命に抗う!婚約お断り系ラブコメ開幕!

小宮地千々　イラスト：Re岳

■文庫判／①〜③好評発売中

GC NOVELS

エロいスキルで異世界無双

【セクハラ】【覗き見】…
Hなスキルは冒険で輝く!!

女神の手違いで異世界へと召喚されてしまった秋月靖彦は、過酷なファンタジー世界を多彩なエロスキルを活用して駆け抜ける!

まさなん　イラスト:B－銀河

■B6判／①～⑥好評発売中